KB070089

동화 한 톨

너희를 만난다면 심겨 줄

ㅎㅈㄷㅈㄱ

차
례

나는 좋은 부모님을 경험하며 살아왔다. 그래서 나는 문득 이렇게 다짐했다. 좋은 아버지가 되겠다는 다짐. 이 다짐은 어느덧 내 마음가짐의 자세가 되어 있었다.

내가 살아본 인생은 정말 큰 강과 같았다. 그래서 그런지 인생을 마치 강이 물을 흘려 보내듯 자연스레 살아왔고, 감사하게도 흘러가며 가진 경험과 배움은 어느새 수북히 모여 있었다. 그리고 나의 지나온 삶의 흐름들은 아버지와 어머니를 참 많이 닮아 있었다. 특히 부모님은 내가 자라갈 때 습관처럼 이렇게 말씀하셨다.

"헌이야. 옳다 생각되는 건 절대 기죽지 말고 한 번 해봐라"

"병헌아. 엄마는 너희한테 물려줄 재산이 없다. 다만 이 성경 책 하나, 하나님의 말씀밖에 물려줄 게 없다"

아버지는 나에게 올바름과 건강한 멋 그리고 강인함을, 어머니는 모든 것의 기준 되는 성경 말씀을 내게 오랜 시간에 걸쳐 차곡차곡 쌓아 심으셨다.

그래서 그런지 여름이 이제 막 봄을 제쳐두고 선명해질 때마다 나는 어릴 적에 살았던 시골집에서 모여 드린 구역 예배가 떠오른다. 뜨거움과 포근함 그 사이의 온도, 이름 모를 곤충의 날갯짓, 그리고 지는 노을과 황혼 사이에 있던 적막에 가까운 지점에서 들려오는 익숙한 찬양 소리

"고마워라 임마누엘, 예수만 섬기는 우리 집"

내가 좋은 아버지가 되겠다는 다짐을 할 때마다 이 찬양이 떠오르고 눈앞에서 아른거리며 들려온다. 그 이유는 아버지와 어머니가 내게 자신이 가진 것 중에 가장 귀한 것을 차곡차곡 심겨 놓았기 때문이겠지.

그래서 나는 동화책을 썼다. 나를 써 내려갔다. 내가 만난 하나님, 내가 만난 하나님의 사랑, 그리고 깨닫게 하신 교훈과 사랑의 질책, 지혜, 건강한 가치들을 한 톨의 씨앗으로.

내가 가진 가장 귀한 것.

너희를 만난다면 심겨줄.

첫 번째 씨앗

한나와 이상한 시장

- 1 -

한나와 이상한 시장

"이런, 식재료가 다 떨어졌잖아?"

한나의 부엌 찬장에는 각종 향신료와 설탕, 그리고 맛이 끝내주는 간식들이 항상 채워져 있었습니다. 하지만 한나의 두 자녀들이 커 가면서 어찌나 먹어 대던지 아무리 찬장에 먹을 것을 채워 놓아도 일주일이면 모든 음식이 동이 나 버렸습니다. 그래서 한나는 시장에 가기 위해 큰 바구니를 챙겨 집을 나섰습니다.

시장은 항상 시끌벅적합니다. 전국 각지에서 상인들이 물건을 팔기 위해 모여들기 때문에 시장은 조용한 날이 없었습니다.

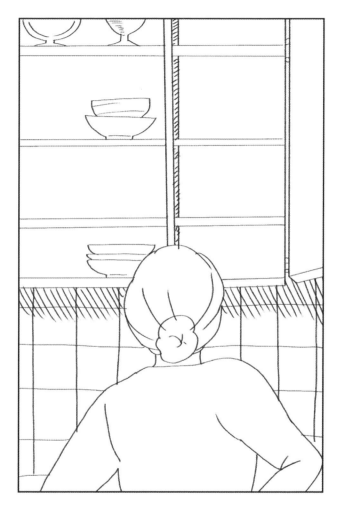

"이런, 식재료가 다 떨어졌잖아?"

"하나 사면 은화 한 닢! 그런데 세 개 사면 은화 두 개!"

상인들은 물건을 팔기 위해 지나가는 사람들에게 큰 소리로 이목을 끄는데, 한나는 가끔 상인들의 현란한 말 솜씨에 넘어가 굳이 사지 않아도 되는 것을 물건을 구매하기도 했습니다.

"하나 사면 은화 한 닢! 그런데 세 개 사면 은화 두 개!"

"자, 골라 골라, 골라잡아, 아저씨도 골라, 아줌마도 골라!"

한나는 잠시 시장에 온 목적을 잊은 채 정신없이 시장 구경을 하고 있었습니다. 그러다 정오가 되자 정신이 들었습니다.

'어머나! 내 정신 좀 봐, 아이들에게 먹일 신선하고 건강한 음식 재료를 사기로 했지?'

그렇게 한나는 식재료를 파는 골목으로 향했습니다. 여러 식재료를 파는 골목은 오른쪽에 채소와 과일, 왼쪽은 생선과 해산물, 그리고 조금 더 가다 보면 육고기와 곡물, 밀가루를 파는 가게들이 쭉 늘어져 있는 곳이었습니다. 그런데 오늘따라 식재료를 파는 골목에서 알 수 없는 이상한 것들만 잔뜩 진열되어 있었습니다.

분명 채소가 진열되어 있어야 할 곳에는 벽돌과 철사들이 진열되어 있었고, 푸릇푸릇 한 과일이 있던 곳에는 거뭇거뭇 한 뭉치가, 성성한 생선과 해산물들이 있던 곳은 전갈과 거미, 그리고 독이 든 뱀들이 가득했습니다. 한나는 다른 골목을 착각해서 들어온 줄 알고 다시금 식재료를 파는 골목 입구 나갔습니다. 하지만 분명히 이 곳은 매번 신선한 식재료를 구매했던 곳이 틀림없었습니다.

'도대체 이게 무슨 일이지? 저런 것을 어떻게 먹으라고? 그것도 내 아이들에게는 먹일 수가 없잖아?!'

당황한 한나는 하는 수없이 고기와 곡물을 파는 곳으로 발걸음을 옮겼습니다. 그런데 그곳 또한 괴상한 것 투성이었습니다. 맛 좋은 고기가 진열되어 있어야 할 곳에는 투박한 가죽 천, 그리고 날카로운 톱날만 잔뜩 있었고 쌀과 밀가루가 잔뜩 담겨 있어야 할 자루에는 자갈과 모래가 잔뜩 담겨 있었습니다. 한나는 도무지 이 상황이 이해가 되지 않았습니다.

"저기, 사장님? 지난주에 뵈었었죠?"

"아이고 사모님! 당연히 기억나죠"

"아니 글쎄, 제가 궁금한 게 있는데, 원래 여기서는 신선한 식재료를 판매하고 있지 않았나요?"

"맞습니다. 원래는 신선한 식재료를 팔았었죠"

"그렇죠? 제 기억이 틀리지 않았죠? 그런데 지금은 신선한 식재료는 보이지 않고 왜 먹을 수 없는 것들만 잔뜩 판매되고 있나요?"

"왜 먹을 수 없는 것들만 잔뜩 판매되고 있나요?"

한나의 말에 곡물 상인과 주변에 있던 모든 상인들이 한나의 질문에 배꼽을 잡고 크게 웃기 시작했습니다.

"아이고 사모님, 사모님 덕분에 정말 오랜만에 크게 웃어보네요. 이게 왜 음식이 아닙니까? 이것들도 잘 요리하면 먹을 수 있는 좋은 재료랍니다"

"그거 진심으로 하는 말씀이세요? 모래와 자갈을 어떻게 먹어요?"

"어떻게 먹긴요? 볶아 먹거나 끓여 먹죠. 아이들이 얼마나 좋아하는데요"

"아이들이요?"

"네 아이들이요! 아이들에게 이러한 것을 주면 매일 이것만 찾게 될걸요?"

그러자 옆에서 고기를 팔던 상인이 곡물 상인의 말을 거들며 말했습니다.

"사모님이 뭘 모르셔서 그러네, 이게 요즘 유행입니다. 요즘 아이들은 모두 이런 것을 먹고 자라지요. 이제는 신선한 채소나 과일, 고기 같은 것을 먹으면 같은 반 친구들한테 따돌림받기도 한다네요!"

"엄마! 나 시멘트 주스 먹어도 돼요?"

한나는 도무지 지금 이 상황이 이해가 되지 않았습니다. 그런데 마침 어떤 아주머니가 자녀와 함께 부서진 벽돌과 구부러진 철사가 잔뜩 진열되어 있는 가게 앞에 섰습니다.

"엄마! 나 시멘트 주스 먹어도 돼요?"

"그럼, 다른 거 또 먹고 싶은 건 없니?"

"와! 정말요? 그럼 타이어 젤리도 먹을래요!"

아이가 말을 마치자 상인은 네모 반듯한 컵에 시멘트를 담고 타이어로 만든 젤리를 잔뜩 올려 주었습니다.

"감사합니다. 또 오세요!"

이 광경을 지켜보던 한나는 이제 헷갈리기 시작했습니다. 한나가 한참 정신을 차리지 못하고 있을 때 옆에 있던 전갈과 거미, 독사를 파는 상인이 한나를 불러들였습니다.

"사모님! 이 독사 한 마리를 추천합니다. 자녀가 분명 좋아할 겁니다"

"독사를요?"

하지만 한나는 분명히 이 모든 상황이 정상적인 상황이 아님을 알고 있었습니다. 그래서 한나는 괴상하고 기괴하기 짝이 없는 골목에서 벗어나왔습니다.

"사모님! 이 독사 한 마리를 추천합니다.
자녀가 분명 좋아할 겁니다"

"정말 세상이 어떻게 된 것일까? 어떻게 자녀에게 시멘트 주스와 타이어로 만든 젤리를 사줄 수가 있는 거야?!"

한나는 놀란 가슴을 진정시키려 했습니다. 하지만 아직 아이들에게 먹일 건강한 식재료를 사지 못했기 때문에 시장을 조금 더 둘러보기로 했습니다. 하지만 한나는 시장을 한참 동안 둘러보았지만 신선한 재료를 파는 가게를 도무지 찾을 수가 없었습니다. 그렇게 한나는 너무 지친 나머지 모퉁이에 등을 대고 잠시 쉬고 있었습니다. 그런데 옆에 있던 대장간에서 눈썹이 짙은 대장장이가 나와 한나에게 말을 걸었습니다.

"사모님, 혹시 찾으시는 것이 있으신가요?"

"어머, 계신 줄 몰랐어요. 실은 제가 아이들에게 먹일 식재료가 다 떨어져서 시장에 왔었는데… 식재료를 파는 골목에 가니까 웬걸, 진열된 모든 것들이 이상하고 기괴한 것뿐이었어요. 벽돌이랑 철사 같은 것을 팔지를 않나, 곡물 가게를 갔더니 모래와 자갈을 팔고 있지 않나… "

한나는 대장장이에게 지금까지 자신이 본 것을 말했습니다. 그리고 자신이 말하면서도 도무지 믿기지 않았는지 고개를 계속해서 좌, 우로 흔들어 댔습니다. 그리고 한나의 말을 들은 대장장이는 잠시 자신의 대장간으로 들어가더니 큰 바구니를 들고나왔습니다.

"사모님! 이 독사 한 마리를 추천합니다.
자녀가 분명 좋아할 겁니다"

"이런 것을 찾고 계셨나요?"

"어머, 이게 뭐예요?"

대장장이가 들고나온 바구니에는 아주 신선하고 먹음직한 채소들과 과일, 그리고 생선과 고기가 잔뜩 들어 있었습니다.

"맞아요! 제가 찾던 게 이거예요! 제가 이걸 얼마나 찾아다녔는지 몰라요!!"

"이런 것을 찾고 계셨나요?"

맞아요! 제가 찾던 게 이거예요!
제가 이걸 얼마나 찾아다녔는지 몰라요!!"

두 번째 씨앗

종지 그릇

- 2 -

종지 그릇

아주 먼 옛날에 어느 위대한 왕이 살고 있었습니다. 위대한 왕은 아주 인자하고, 자비롭고, 지혜로운 왕이었습니다. 그런데 이 왕에게는 한 가지 특이한 습관이 있었는데 물이나 포도주를 마실 때는 매번 같은 그릇을 사용하는 것이었습니다.

그러던 어느 날 왕이 물을 마실 때마다 사용하던 그릇이 너무 낡은 나머지 깨져 버렸습니다. 왕은 너무나도 슬퍼서 깨진 그릇을 직접 손으로 모아 아주아주 멋있는 상자에 보관하도록 명령했습니다. 그렇게 아끼는 그릇이 깨져 슬픔에 빠져 있던 왕은 목이 말라도

"과인이 목이 말라 더 이상 참을 수가 없소…!

꾹 참고, 식사를 하고서도 꾹 참았지만 결국 목이 너무 말라서 신하를 불러 이렇게 말했습니다.

"과인이 목이 말라 더 이상 참을 수가 없소…!"

그러자 왕을 걱정하던 여러 신하들은 기다렸다는 듯이 위대한 왕에게 말했습니다.

"위대한 왕이시여, 소인들이 무엇을 할 수 있습니까?"

"나를 위하여 내 목을 시원하게 할 그릇을 찾아 주시오"

"저희가 위대한 왕 당신을 위해 새로운 그릇을 찾겠습니다!"

신하들은 새로운 그릇을 찾으라는 위대한 왕의 명령을 기쁨으로 받아들였습니다. 그리고 왕궁에서부터 위대한 왕이 다스리는 영토 경계까지 왕이 사용할 그릇을 찾아 나섰습니다.

그릇을 찾아 나선 어떤 신하는 왕궁에서 그릇을 찾으려 했고, 어떤 신하는 사람들이 많이 왕래하는 시장으로, 그리고 어떤 신하는 화려한 보석으로 장신구를 만드는 곳으로 갔습니다. 하지만 가장 젊은 신하는 어디로 가야 할지 몰라 망설이고 있었습니다. 그렇게 한참을 고민하던 차에 젊은 신하는 왕이 아꼈던 그릇을 떠올렸습니다. 왕이 아끼던 그릇은 흙을 빚어서 만든 토기 그릇이었습니다.

"이곳에서 왕이 기뻐하실 만한 그릇을 만들 수 있겠지?"

그래서 고민하던 젊은 신하는 왕국에서 가장 흙을 잘 빚는 토기장이를 찾아가기로 했습니다.

"어휴! 정말 먼 곳에서 살고 있구나! 이곳에서 왕이 기뻐하실 만한 그릇을 만들 수 있겠지?"

토기장이의 집은 작고 소박한 오두막이었습니다. 그리고 여러 모양의 토기 인형들이 곳곳에 전시되어 있었는데, 토기 인형들이 어찌나 진짜 같던지 토기장이를 찾아 간 젊은 신하가 넋 놓고 구경할 정도였습니다. 그러다 젊은 신하는 이내 정신을 차리고 안뜰까지 걸어가서 토기장이를 불렀습니다.

"혹시 누구 없습니까?"

그러자 손에 흙이 잔뜩 묻은 토기장이가 나왔습니다. 그리고 왕국의 문양을 한 옷을 입은 신하를 발견하고는 무릎을 꿇었습니다

"위대한 왕의 충성된 신하 분께서 이 누추한 곳에는 무슨 일로 찾아오셨나요?"

토기장이가 무릎을 꿇자 충성스러운 신하는 허겁지겁 토기장이를 일으켜 세웠습니다.

"제가 충성을 맹세한 왕께서 아끼시는 그릇이 깨졌습니다. 그래서 물을 드시지 않은 날이 벌써 이레가 지났습니다. 하지만 왕께서는

더 이상 목마름을 버틸 수가 없으셨는지 새로운 그릇을 찾아오라고 하셨습니다."

토기장이는 위대한 왕이 아끼던 그릇이 깨졌다는 말에 공감하며 함께 마음을 아파했습니다.

"걱정 마세요. 제가 가진 흙 중에서 가장 좋은 흙을 가지고 왕의 갈증을 해소시킬 수 있는 그릇을 만들어 드리겠습니다"

그렇게 토기장이는 모아 둔 흙 중에서 가장 귀한 흙을 가져와서 젊은 신하에게 보였습니다.

"이 흙으로 왕께서 쓰시기에 합당한 그릇을 빚어 드리겠습니다"

신하는 그릇을 빚을 흙이 다른 흙 들과 달라서 토기장이에게 물었습니다.

"이 흙은 다른 흙과는 다른 색깔을 가지고 있네요?"

"이 흙은 3년 전 세상을 떠난 사랑하는 아내의 모습을 토기 인형으로 만들기 위해 오래전부터 모아 온 흙입니다"

신하는 토기장이의 말에 깜짝 놀랐습니다. 그러자 토기장이는 웃으며 신하를 진정시켰습니다.

"괜찮습니다. 왕께 드리는 그릇이니, 제가 가진 것 중에서 가장 귀한 것으로 빚어 드리는 것이 마땅합니다"

"제가 가진 것 중에서 가장 귀한 것으로
빚어 드리는 것이 마땅합니다"

그렇게 토기장이는 그릇을 빚기 시작했습니다. 그리고 노을이 질 무렵 토기장이는 충성된 젊은 신하에게 새로운 그릇을 전해주었습니다. 그런데 토기장이가 건네준 그릇은 자신의 손바닥 보다 작았고, 색깔도 거무스름한 것이 보기에 좋지 않았습니다.

"토기장이님! 이 그릇이 맞나요?"

"네 맞습니다. 이 그릇은 분명 왕을 기쁘게 할 겁니다"

"아니, 그릇이 너무 작습니다! 그리고 색깔이 괴상한 것이 꼭 개 똥 같이 생겼습니다!"

신하는 그릇이 생각보다 볼품없자 속상해서 토기장이에게 상처가 되는 말을 했지만 토기장이는 덤덤하게 대답했습니다

"왕의 충성된 신하이시여. 이 그릇은 보기에 참으로 볼품없지만 이 그릇에 사용된 흙은 아주 특별해서 왕의 목마름을 해소시켜 드리기에 합당한 그릇이 될 것입니다"

젊은 신하는 괜히 시간을 낭비했다는 생각에 그대로 토기장이의 집을 나와 왕궁으로 향했습니다. 왕궁으로 돌아가는 내내 젊은 신하는 토기장이가 만든 작은 종지 그릇을 쳐다보며 토기장이를 찾아 간 것을 후회했습니다.

"내가 어리석었어. 이렇게 못생긴 그릇을 어떻게 왕께 드리지? 동네 아이들이 반죽한 밀가루가 이것보다는 이쁘겠다!"

땅이 꺼지게 한숨을 내뱉던 사이 젊은 신하는 왕궁에 도착했습니다. 그리고 궁전에는 각종 화려한 그릇이 나열되어 있었고 많은 신하들이 자신의 그릇이 선택되기를 바라고 있었습니다. 하지만 젊은 신하는 토기장이의 그릇을 자신 있게 내놓지 못했습니다. 혹여나 다른 사람들이 볼까 봐 그릇을 소매에 넣고는 가장 구석에 몰래 내려놓았습니다. 그렇게 왕이 도착했고, 자신이 사용할 그릇을 천천히 둘러보았습니다.

왕이 여러 그릇들이 나열된 테이블 앞에 서자 신하들은 누구 할 거 없이 자신의 그릇을 왕에게 선보였습니다.

"왕이시여, 이 그릇은 어떻습니까? 귀한 보석으로 장식된 것이 왕께 어울리는 그릇이옵니다"

왕은 금은보화가 박혀 있는 그릇을 보고 이렇게 답했습니다.

"흐음… 저 잔은 물을 담기보단 화려한 보석을 담기에 적합할 것 같소"

그러자 다른 신하가 와서 또 다른 그릇을 권했습니다.

" 왕이시여, 그럼 여기 이 그릇은 어떻습니까 ? 왕께서 느끼시는 갈증이 크니, 크기가 큰 그릇이 좋을 듯합니다."

"이렇게 못생긴 그릇을 왕께 어떻게 드리지!?"

왕은 아주 큰 그릇을 보고 이렇게 답했습니다.

"내 갈증이 아무리 크다 하나, 이렇게 큰 그릇을 들고 마시기에는 무리일 듯하오"

그러자 다른 신하가 또 다른 그릇을 권했습니다.

"왕이시여, 여기 화려한 그릇은 어떻습니까? 왕국에서 가장 뛰어난 공예가의 솜씨로 만들어진 그릇이옵니다."

그러자 왕은 아주 화려한 그릇을 보고 이렇게 답했습니다.

"이 그릇은 화려하긴 하나, 구멍이 이곳저곳에 뚫려 있어 물을 담아낼 수가 없을듯하오"

그렇게 왕은 신하들이 가져온 여러 그릇들을 모두 둘러보았지만 왕의 마음에 드는 그릇이 없었습니다.

"그대들이 가져온 그릇이 이게 다요? 내 이제 갈증을 더 이상 참을 수가 없는데, 과연 내 갈증을 해소시켜 줄 그릇이 더 없소이까?"

그때 토기장이에게 그릇을 받아온 젊은 신하가 머뭇거리며 왕께 나아갔습니다.

"그대도 새로운 그릇을 가지고 왔소?"

"그만들 하시오! 그대는 가지고 온 그릇을
내게 가까이 가져 오시오"

볼품없는 그릇을 가진 젊은 신하는 자신이 가지고 온 그릇을 왕에게 내보이기가 부끄러웠지만 왕을 위해 자신이 가지고 온 그릇을 내밀었습니다.

"왕이시여… 이전에 왕께서 아끼시던 그릇이 토기 그릇인 것을 제가 기억하고 있습니다. 그래서 진흙으로 그릇을 구워 왔으나, 겉으로 보기에 아주 볼품이 없고, 크기가 매우 작습니다"

위대한 왕은 망설이는 신하에게 그릇을 보이라 명하였습니다. 그리고 신하는 구석에 숨겨 놓았던 작은 토기 그릇을 왕에게 내어 보였습니다. 그러자 주변에 있던 신하들이 위대한 왕을 말렸습니다.

"왕이시여, 저 그릇은 크기가 매우 작은 것이 종지 그릇 같습니다. 저런 볼품없는 그릇을 사용하실 바에는 소인이 가져온 그릇을 사용하시는 것이 보시기에 더 좋을 듯합니다"

"왕이시여, 저 그릇은 아무리 토기장이가 정성스레 빚었다 한들, 왕의 갈증을 해소시키기에는 적합하지 않다 생각됩니다"

"왕이시여, 저 그릇은 천한 것들이나 사용하는 그릇입니다!!"

많은 신하들이 작은 토기 그릇을 가지고 온 신하를 꾸짖고는 자신의 그릇이 왕께 어울린다고 서로 다투었습니다. 그때 위대한 왕이 소리쳤습니다.

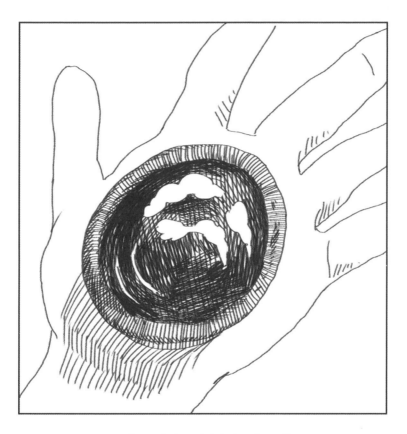

"그릇이 검고 작지만 아름답구나!"

"그만들 하시오! 그대는 가지고 온 그릇을 내게 가까이 가져 오시오"

왕은 신하가 가져온 그릇을 손에 쥐고 다른 신하에게 물을 가져오라 명하였습니다. 그리고 왕은 물을 토기 그릇에 직접 따랐습니다.

"그릇이 검고 작지만 아름답구나!"

왕이 보기에는 젊은 신하가 가지고 온 그릇이 가장 아름다웠습니다. 작은 그릇에 물을 담아 하늘에 대어 보니, 하늘이 그릇에 담겨 있었고, 그릇을 푸른 들판에 대어 대어 보니 푸른 들판이 그릇에 담겨 있었습니다.

"왕이시여, 왜 그 작은 그릇을 택하셨습니까?"

신하들은 볼품없는 그릇을 들고 흡족해하는 왕이 이해가 되지 않았습니다. 그러자 왕은 한참 동안 그릇을 쳐다보다 신하들에게 대답했습니다.

"그대들은 이 그릇에 먼지 한 톨 없는 것이 보이지 않소? 나는 무엇보다 이 그릇이 깨끗하여 택한 것이오"

신하들은 그래도 이해가 되지 않아 다시 한번 물었습니다.

"그 그릇은 크기가 매우 작아 왕의 갈증을 해소하기에는 부족합니다"

그러자 왕은 잔에 든 물을 벌컥 벌컥 마시고 신하들에게 마저 대답했습니다.

"물을 마셔 보니 그대들의 말이 맞는 듯하오. 내 갈증을 해소시키기에는 부족한 것이 사실이오"

왕은 또다시 작은 그릇을 한참 쳐다보았습니다. 그리고 작은 토기 그릇에 물을 다시 채웠습니다

"하지만 물은 내게 있으니, 이 그릇으로 나의 갈증이 해소될 때까지 마시겠소"

왕의 대답에 모든 신하들은 고개를 숙였습니다

"나는 화려한 그릇 보다 내가 사용할 수 있는 깨끗한 그릇이 필요했소. 나를 위해 깨끗한 그릇을 가져다준 그대를 내가 기억할 것이오. 고맙소!"

그렇게 위대한 왕은 자신의 목마름을 해결 해준 젊은 신하에게 큰 상을 내렸고, 이후 젊은 신하는 그릇을 만들어준 토기장이를 찾아가 감사를 전했습니다.

"나는 화려한 그릇 보다 내가 사용할 수 있는
깨끗한 그릇이 필요했소!"

세 번째 씨앗

은화 한 닢

- 3 -

은화 한 닢

아름다운 운하가 흐르는 어느 도시가 있었습니다. 운하에는 멋진 배들이 강 위를 누볐고, 아름다운 백조들이 날갯짓을 하며 따뜻한 봄을 알렸습니다. 한편 가난하지만 성직자를 꿈꾸는 청년 하나가 최근 한 달 동안 벌목 일을 마치고 품삯을 받기 위해 아름다운 운하가 있는 도시에 방문했습니다.

"휴! 내 생에 가장 힘들었던 일이었어. 그래도 은화 열 닢을 얻게 되었으니, 멋진 모자와 멋진 외투를 한 벌 살 수 있겠구나!"

그렇게 품삯을 챙긴 청년은 멋진 모자와 멋진 외투를 사러 시장이 있는 광장으로 발걸음을 옮겼습니다.

"이보시게나! 당신은 하나님을 위해 살아가는 사람이오?"

도시의 광장 중앙에는 크고 아름다운 분수가 있었고 그 주변은 물건을 파는 상인들과 많은 사람들로 북적거렸습니다. 그리고 품삯을 챙긴 청년은 외투와 모자를 사기 전 중앙 분수대 앞에서 상인들이 파는 신기한 물건들을 구경 중이었습니다, 그런데 때마침 매일마다 광장에서 전도하던 노인의 눈에 청년이 들어왔습니다.

"이보시게나! 당신은 하나님을 위해 살아가는 사람이오?"

"뭡니까 갑자기"

노인의 갑작스러운 질문에 청년은 잠시 당황했습니다. 하지만 청년은 평소 성직자를 꿈꿔왔기 때문에 기분은 썩 나쁘지 않았습니다. 게다가 평소에 자신이 선하게 살고 있다 자부했기에, 청년은 노인에게 자신을 잔뜩 드러내고 싶었습니다.

"저는 이미 하나님을 위해 살고 있는걸요"

청년은 노인에게 어깨를 으쓱거렸고, 노인은 청년의 태도에 멋쩍은 웃음을 보였습니다.

"그것참 감사한 일이군! 근데 이곳 사람이 아닌 것 같은데, 자네는 어디서 왔는가?"

"저는 남쪽에서 느리게 흐르는 강에 있는 작은 마을에서 왔습니다"

"남쪽이면 여기서 아주 먼 곳인데, 무슨 일로 이곳을 방문했는가?"

"저는 한 달 전에 이곳 근처에 있는 숲에서 벌목 일을 하다가 마침 오늘 일이 끝나서 잠깐 이곳에 들렸습니다"

"나무꾼이라, 정말 멋진 직업을 가지고 있구만!"

"사실 지금은 나무꾼으로 살고 있지만 언젠가는 성직자의 삶을 사는 소망을 가지고 있습니다"

"하나님을 섬기고, 그분을 위해 살아간다는 것은 정말 멋진 삶이네! 혹시 자네가 살아온 삶을 내게 조금만 들려줄 수 있는가?"

"그건 어렵지 않죠. 먼저 저는 태어나자마자 부모님께서 교회로 데려가서 세례를 받게 하셨습니다. 그리고 뛰어다닐 수 있는 나이가 되었을 때는 매주 주말에 교회로 가서 청소와 같은 봉사를 했지요. 그리고 또…"

청년은 자신의 신앙심을 증명하는 것이 식은 죽 먹기라고 생각했습니다. 그런데 막상 하나님을 위해 살았던 삶의 부분을 떠올리려 했지만 잘 떠오르지 않았습니다.

"아 참! 제가 사는 마을에 그림 그리는 늙은 화가가 있는데, 어느 날 붓이 부러졌길래 제 나귀의 꼬리털을 잘라 붓을 만들어 주기도 했지요. 그리고 또… 맞다. 낚시터에서 미끼가 부족한 어부가 있길래 남은 떡 반죽을 두 덩이나 떼어주기도 했고, 또… 한 번은 길가에 큰 나뭇가지가 있었는데 그 나뭇가지를 혼자서 길 옆으로 옮겨 놓았기도 했죠. 그때 나무가 어찌나 무겁던지 손이 새빨개질 정도였다니까요"

청년은 어린 시절 기억부터 지금까지 살아온 기억 중에 특별히 하나님을 위해 살아온 적이 없다는 것을 알게 되었습니다. 그래서 선행으로 기억되는 것까지 모두 더듬어 보며 노인에게 자신의 신앙심을 증명하려 했습니다.

"아! 또 생각났네요. 지난주에…"

"알겠네. 이만하면 충분하네"

"아닙니다. 더 말할 수 있어요. 지난주에 있었던 일은 정말 하나님께서 기뻐하실만한 일이었는데"

청년은 지난주에 있었던 자신의 선행을 말하지 못해 너무나도 아쉬웠습니다. 만약 지난주에 있었던 선행을 말했다면 자신의 신앙심이 분명 증명될 수 있다고 생각했기 때문입니다.

"아닐세, 정말 이만하면 충분하네. 그러면 내가 자네에게 질문 하나만 해도 되겠는가?"

"그럼요"

"만약 하나님께서 자네에게 금화 100개를 주신다면 어떻게 사용할 텐가?"

"금화 100개요?"

"저는 당연히 하나님을 위해 기꺼이 사용할 것입니다"

"정말인가? 은화도 아니고 무려 금화가 100개라네!"

"제 마음은 변치 않아요. 금화 100개 모두 하나님을 위해 사용할 것이랍니다"

노인과 청년의 대화는 광장에 있던 많은 사람들이 흥미를 가지게 했고 이내 노인과 청년 주위로 많은 사람들이 몰려왔습니다. 그런데 많은 사람들이 모여들고 자신에게 이목이 집중이 되자 청년은 내심 즐거웠습니다.

"그러면 금화 50개를 주신다면 자네는 어떻게 사용할 텐가?"

노인은 청년에게 또다시 질문했습니다. 그리고 주변에 모인 사람들은 청년을 바라보며 그의 대답을 기다렸습니다. 사람들이 자신에게 기대하는 것을 느낀 청년은 눈을 감고 노인의 질문에 대한 답변을 고민하는척했습니다. 청년은 대답을 이미 정해놓았지만 더욱 고민하는 척 연기했습니다.

"저는 당연히 하나님을 위해
금화 100개를 기꺼이 사용할 것입니다"

"제 대답은 변하지 않아요. 하나님께서 금화 50개를 주셔도 저는 하나님을 위해 사용할 거랍니다"

어느새 청년과 노인 근처에는 많은 사람들로 북적였습니다. 광장에 있던 사람들 대부분이 노인과 청년의 대화에 흥미를 가지고 모여들었던 것이었습니다. 청년은 자신 주변으로 모인 모든 사람들이 자신을 우러러보는 것 같았고 노인은 청년에게 또다시 질문했습니다.

"그러면 하나님께서 금화 한 닢을 주신다면 어떻게 사용할 텐가?"

청년은 노인의 세 번째 질문에 살짝 고민했습니다. 왜냐하면 금화 한 닢은 목수 일을 약 8년 동안 해야 벌 수 있는 돈이었습니다. 금화 한 닢으로는 고급 목재로 만들어진 집 한 채를 살 수가 있었고, 소 100마리, 양 200마리를 살 수 있는 돈이었습니다. 그래도 청년은 많은 사람들에게 자신의 신앙심을 더욱 돋보이기 위해 똑같이 대답을 했습니다.

"마찬가지입니다. 금화 하나를 주셔도 저는 하나님을 위해 사용할 것입니다."

청년과 노인 주변에 모여 있던 사람들이 청년의 대답에 감탄과 찬사를 보내며 웅성거렸습니다.

"정말 멋진 청년이군!"

"분명 저 청년은 하나님을 위해 살아가는 청년임이 분명해!"

청년은 사람들의 감탄과 찬사 소리에 기뻐 몸 둘 바를 몰라 입술이 씰룩거리고 눈썹이 들썩거렸습니다. 하지만 청년은 마음을 진정시키고 인자한 표정을 지으며 분위기를 가다듬었습니다. 그런데 노인은 그러한 청년의 모습을 유심히 바라보며 질문을 이어갔습니다.

"정말 하나님을 향한 열정이 대단하구먼! 그러면 하나님께서 자네에게 은화 100개를 주셔도 하나님을 위해 모두 사용할 수 있는가?"

"은화 100개요?"

"그래 은화 100개. 금화도 아니고 은화라네"

청년은 이제 하나님께 드려야 할 것이 금화가 아닌 은화로 바뀌자 생각이 점점 많아졌습니다. 은화 100개는 목수 일을 1년 가까이해야 벌 수 있는 돈이었습니다. 청년이 대답을 망설이자 노인은 은화 개수를 절반으로 낮춰 질문했습니다.

"그러면 은화 50개는 어떠한가? 은화 50개도 하나님을 위해 사용할 수 있는가?"

"마찬가지입니다. 금화 하나를 주셔도
저는 하나님을 위해 사용할 것입니다."

주위에서 청년을 지켜보던 사람들은 금화도 아닌 은화 50개에 고민하는 청년이 이해되지 않았습니다. 금화 100개는 고민도 하지 않고 대답하면서 은화 50개는 이리도 고민하니, 사람들은 도통 청년이 이해가 되지 않았던 것입니다. 그때 한참을 고민하던 청년이 입을 천천히 열었습니다.

"하나님께서 원하시면 은화 50개도 기꺼이 내어 놓을 수 있습니다."

"오호! 그런가? 정말 쉽지 않은 대답이었을 텐데, 훌륭한 청년이구먼"

"그렇죠? 저는 하나님의 일이라면 하나도 아깝지 않답니다"

"혹시 자네가 최근 한 달 동안 벌목 일을 하고 받은 품삯이 얼마 정도 되는가?"

"은화 열 닢입니다"

"그럼 그 은화 열 닢도 하나님을 위해 사용할 수 있겠는가?"

청년은 노인의 대답할 수가 없었습니다. 왜냐하면 청년이 가진 은화 열 닢은 한 달 동안 정말 고생하면서 벌어들인 돈이었기 때문입니다. 그런데 만약 이 은화 열 닢을 노인의 말대로 하나님을 위해 사용하게 되면 이 돈으로 평소에 가지고 싶었던 멋진 모자와 멋진 외투를 포기해야만 했습니다.

"그게… 하나님께서는 고작 은화 열 닢 정도는 받지 않으실 것 같은데요"

청년의 말에 주위에 있던 사람들과 노인은 혀를 찼습니다. 그리고 노인은 버럭 화를 내며 청년을 나무랐습니다.

"무슨 소리! 은화 열 닢이 고작이라니! 은화 열 닢은 굶주린 사람 10명을 한 달 동안 먹일 수 있다네. 그렇다면 은화 한 닢은 어떤가? 은화 한 닢은 금화 100개에 비하면 너무나도 작은 것이라네. 마침 성 외곽에 가난한 성직자가 있으니, 자네가 은화 하나를 주면 그 성직자에게 내가 전달해 주겠네"

청년은 주머니에 있던 은화가 담긴 자루를 만지막거리며 주변 사람들 눈치를 살폈습니다. 왜냐하면 은화가 하나라도 모자라면 멋진 모자와 외투를 살 수가 없기 때문이었습니다. 그때 심란한 표정을 하고 있는 청년 옆에 있던 꼬마가 말했습니다.

"은화 한 닢도 저리 아까워하는데, 어떻게 금화 100개를 가졌을 때 하나님을 위해 사용할 수 있을까?"

"은화 한 닢도 저리 아까워하는데, 어떻게 금화 100개를
가졌을 때 하나님을 위해 사용할 수 있을까?"

네 번째 씨앗

모닥불

- 4 -

모닥불

오두막은 참나무로 튼튼하게 지어졌고
실내는 편백나무를 덧댄 아주 근사한 집이었습니다.

깊은 숲속 한 오두막이 있습니다. 오두막은 참나무로 튼튼하게 지어졌고 실내는 편백나무를 덧댄 아주 근사한 집이었습니다. 그런데 오두막이 있는 숲은 저녁이 되면 금방 어두워졌습니다. 해가 지평선 아래로 떨어질 때 땅거미가 길게 늘어지고 어둠은 숲에서 길게 뻗어 나온 그림자와 함께 움직였습니다. 숲이 어두워지자 오두막에 살고 있는 나무꾼은 사냥해온 토끼 두 마리를 구워 먹기 위해 장작을 가져다가 주먹보다 조금 큰 돌을 둥글게 쌓아 놓은 모닥불 터로 갔습니다.

나무꾼이 장작을 준비하는 사이 하늘에는 따뜻한 빛이 모두 사라져 버렸고, 오두막 주변은 이내 차가운 바람이 맴돌았습니다. 나무꾼은 서둘러 장작 하나를 바닥에 깔고 장작을 서로 맞대어 세웠습니다. 그리고 마른 지푸라기와 잡초 뭉치를 맨 아래에 깔아 두었던 장작 위에 두고 부싯돌을 연신 부딪혔습니다. 하지만 바람에 이슬이 섞여 날린 탓인지 불이 쉽게 붙지 않았고, 나무꾼은 기름을 가지러 오두막으로 잠시 들어갔습니다. 나무꾼이 오두막에 들어가자 맨 아래 깔린 장작이 입을 열었습니다.

"우리도 드디어 뜨겁게 타오를 수 있게 됐어!"

가장 아래에 깔려있던 장작의 흥분 섞인 목소리에 서로 머리를 맞댄 다른 장작들도 고개를 들썩이며 대답했습니다.

"그러니까! 나도 드디어 환하게 빛날 수 있어. 이날을 얼마나 기다렸는지 몰라"

"얼른 타오르고 싶어. 밤하늘을 가득 메운 별들처럼 말이야!"

나무 장작들이 서로 신나게 떠들고 있을 때 나무꾼이 램프에 들어 있던 기름을 가지고 오두막 밖으로 나왔습니다. 기름병 안에 든 기름은 방금 막 떠오른 달 빛에 반사되어 반짝거렸습니다.

"저 기름이 우리에게 부어지면 우리가 습기를 조금 머금고 있더라도 분명 불이 붙을 수 있을 거야"

나무꾼은 고이고이 쌓은 장작들 위로 가져온 기름을 둥글게 둘렀습니다. 장작 위로 부어지는 기름은 나무꾼의 투박한 도끼질에 쪼개진 주름 사이로 부드럽게 스며들었습니다. 그리고 장작들은 모두 눈을 감고 자신에게 부어지는 기름을 잠잠히 받아들였습니다. 한때는 땅에 뿌리를 내려 계절에 따라 우직하게 살아왔지만 이제는 밤 하늘의 별처럼 환하고 밝게 빛날 수 있는 지금에 감사했습니다.

나무꾼은 습기 먹은 장작에 기름이 충분하게 스며들자 가장 아래에 있던 장작 하나를 밖으로 꺼내 바닥에 내려놓았습니다. 그리고 나무꾼은 바닥에 놓인 기름 먹은 장작에 대고 다시 부싯돌을 부딪혔습니다.

"부싯돌아! 네 첫 불씨를 내게로 보내주렴!"

"부싯돌아! 네 첫 불씨를 내게로 보내주렴"

-탁! 탁탁!-

부싯돌은 서로를 부딪혀 가며 여러 불씨를 만들어 냈습니다. 그중에 한 불씨가 땅에 뉘어 있는 장작으로 날아갔습니다. 그리고 불씨가 불 꽃 되는 것은 한순간이었습니다. 나무꾼은 불붙은 장작을 장작더미 가장 아래로 밀어 넣었습니다. 그리고 장작이 채 닿기도 전에 장작더미는 불타오르기 시작했습니다. 마치 밤 하늘에 반짝이는 별처럼 장작들은 어두운 숲에서 환하고 밝게 빛나기 시작했습니다.

모닥불에 피어난 불꽃은 빨간 불꽃, 주황 불꽃, 노란 불꽃, 그리고 파란 불꽃이 장작들을 감싸 안은 듯했습니다. 장작들이 어느 정도 불을 품어내자 나무꾼은 모닥불에서 일렁이는 불꽃 위로 손질된 토끼를 올려놓았습니다. 그리고 모닥불 위로 피어오르는 불꽃은 토끼를 부드럽게 감싸 안았습니다.

그때 담벼락에 기대어 있는 다른 장작 중에 하나가 불타는 장작들이 부러웠는지, 몸을 부르르 떨다 옆으로 쓰러져 버렸습니다. 그런데 마침 모닥불에 넣을 장작이 더 필요했던지라, 나무꾼은 쓰러져 떨어진 네모난 장작을 주워다가 모닥불 근처로 가져왔습니다. 그러자 네모단 장작은 아직 돌담에 기대어져 있는 다른 장작들에게 자랑하기 시작했습니다.

"얘들아! 나도 오늘 불꽃이 되어 하늘의 별이 될 건가 봐. 부럽지? "

그렇게 나무꾼은 가져온 네모난 장작을 타오르는 모닥불에 휙 던졌습니다. 그런데 네모난 장작은 불꽃의 중심이 아닌 옅은 불가로 떨어지고 말았습니다.

"나무꾼님, 저를 불꽃 중심으로 넣어주셔야죠! 이렇게만 있으면 저는 불타지 못할 거라고요!"

하지만 나무꾼은 네모난 장작의 말을 듣지 못했습니다. 그래서 네모난 장작은 검게 타서 재가 되어가는 다른 장작들을 뭉개고 부서뜨리면서 불에 더 가까이 다가갔습니다. 그리고 잠시 후 네모난 장작의 머리 쪽에 불이 붙더니 큰불이 네모난 장작의 온몸을 휘감았습니다. 그렇게 네모난 장작은 눈을 감고 한참을 불꽃 속에서 타오르기 시작했습니다. 그런데 토끼가 고기가 구워지는 냄새를 맡고 눈을 떴습니다.

"나는 토끼 기름이 떨어지는 이런 곳이 아닌, 다른 곳에서 홀로 불타고 싶어. 나 스스로도 멋지게 타오를 수 있는데!"

네모난 장작이 씩씩거리며 화를 내자 불꽃이 더욱 거세어졌습니다. 그러자 나무꾼은 토끼 고기가 타버릴까 봐 반쯤 불붙은 네모난 장작을 따로 떼어 옆에다 옮겨 놓았습니다. 네모난 장작은 나무꾼이 자신을 따로 떼어 놓자 홀로 불타오를 수 있다는 생각에 기뻤습니다. 그렇게 홀로 떨어진 곳에서 불타고 있던 네모난 장작은 이제 하늘의 별들에게 혼자 모든 관심을 받는 것 같았고, 돌담에 기대어 있는 다른 장작들의 부러움을 한 몸에 샀습니다. 그리고 역시나 돌담에 기대어 타오르기만을 기다리던 다른 장작들이 홀로 불타던 네모난 장작에게 말을 걸어왔습니다.

"이봐 친구! 나 기억나? 예전에 네가 처음 장작이 되었던 날에 비에 젖지 말라고 내 몸으로 너를 덮어줬었잖아. 그러니 네 불을 조금 나눠줄 수 있겠어?"

"글쎄? 잘 기억이 나질 않네. 그리고 내가 불을 주고 싶어도 나무꾼이 너를 옮겨주지 않는다면 헛소용이야"

"나무꾼에게 잘 말해봐! 네 부탁이라면 분명 들어줄지도 몰라"

"뭐, 생각해 볼게"

하지만 홀로 불타던 네모난 장작은 다른 장작의 부탁을 들어줄 생각이 없었습니다.

"이봐! 나도 기억나지 않아? 예전에 네 등에 버섯 포자가 앉았을 때 내가 네 등을 긁어주었잖아"

"글쎄? 기억이 나질 않네. 그리고 내가 불을 주고 싶어도 나무꾼이 너를 옮겨주지 않는다면 헛소용이야"

다른 장작도 홀로 불타는 장작에게 말을 걸었습니다.

"이봐 친구! 나야 나, 기억 안 나? 항상 달이 뜨고 별이 빛날 때 항상 나는 너의 꿈을 항상 들어 줬어. 하늘의 별이 되고 싶다고!"

"글쎄? 잘 기억이 나질 않네. 그리고 내가 불을 주고 싶어도 나무꾼이 너를 옮겨주지 않는다면 헛소용이야"

홀로 불타던 네모난 장작은 과거 다른 여러 장작들에게 많은 부탁을 하며 살아왔지만 다른 장작들이 자신에게 불을 나눠달라고 부탁하자 겉으로는 생각해 보겠다는 말을 하며 모든 부탁을 무시했습니다. 그렇게 한참 동안 자아도취에 빠져 있던 네모난 장작에게 한 오래된 나뭇조각이 홀로 불타는 장작에게 말했습니다.

"이봐, 불붙었다고 타오른다 착각 마시게나"

홀로 불타던 네모난 장작은 오래된 나뭇조각의 말에 발끈했습니다.

"제가 부러워서 지금 질투하는 거죠?"

"그게 아니야. 우리는 함께 타올라야 해. 불은 근원이 있어. 그 근원에서 멀어지면 그저 잿빛 띄는 나뭇조각이 될 뿐이지"

"이봐 친구! 나야 나, 기억 안 나?"

그때 오두막 쪽으로 강한 바람이 불어왔습니다. 바람이 불자 네모난 장작은 자신에게 붙은 불이 불어오는 바람에 떠내려갈까 봐 머리에 붙은 불을 꼭 붙잡았습니다. 하지만 네모난 장작은 홀로 불타고 있었기 때문에 불어오는 바람을 견딜 수가 없었습니다. 결국 네모난 장작이 겨우내 붙잡고 있던 불은 바람을 타고 떠내려가 버렸고, 네모난 장작은 이제 머리만 검게 타버린 볼품없는 장작이 되어 버리고 말았습니다.

"어떻게 붙은 불인데!"

"거봐, 불은 함께 타올라야 해"

홀로 불타던 네모난 장작은 이제 머리만 검게 그을렸을 뿐 더 이상 밝게 빛을 내며 타오르지 못했습니다. 그러자 네모난 장작은 뒤늦게 돌담에 기대어 있던 다른 장작들을 설득하려 했습니다

"얘들아! 나에게로 오지 않을래? 내가 나무꾼에게 잘 말해볼게. 너희에게도 불꽃이 피어나도록 말이야"

"무슨 소리야? 네게는 지금 불이 없어. 우리를 타오르게 할 수 없는 걸? 혹시 지금도 네가 타오르고 있다고 생각하는 건 아니지?

네모난 장작은 너무나도 부끄러웠습니다. 그리고 다른 장작들의 부탁을 거절하고 홀로 불타려 했던 자신의 행동을 몹시 후회하기 시작했습니다.

"이봐, 불붙었다고 타오른다 착각 마시게나"

"우리는 너 말고 처음부터 타오르고 있던 저 불로 갈 거야"

"저기보다 나에게 오는 게 백배, 천 배나 나아, 저 모닥불에는 토끼를 구워대서 토끼 기름이 너희 머리 위로 뚝뚝 떨어질걸? 그 냄새가 얼마나 고약한지 너희는 몰라. 그러니 토끼 기름 냄새나는 곳 말고 내게 오는 건 어때?"

"하지만 네게는 불이 없잖아. 지금 우리가 너에게 가더라도 불이 없으면 지금과 같은 장작과 다를 바가 없어. 그러니 우리는 신경 끄고, 네가 다시 타오를 수 있는 방법이나 찾아"

네모난 장작은 아무 말도 할 수가 없었습니다. 왜냐하면 자신은 이미 머리가 검게 그을려서 돌담에 기대어 있는 새 장작들 보다 못했기 때문입니다.

"너무 낙담 마시게나"

"어떻게 낙담하지 않을 수가 있어요? 그리고 볼품없는 당신에게 그 어떠한 위로도 받고 싶지 않네요"

네모난 장작은 오래전 이미 타다 만 나뭇조각에게 날이 선 말로 할퀴려 했지만 오래된 나뭇조각은 오히려 그런 네모난 장작을 이해하는 듯 고개를 끄덕이며 말을 이어갔습니다.

"불꽃은 홀로 피워낼 수가 없어. 반드시 함께 타올라야 해. 그래야 장작에 심긴 불씨가 불꽃으로 피어나지. 그래서 불꽃은 누군가의 것이 아니야"

"홀로 불타고 싶은 게 잘못된 건가요? 오히려 함께 불타면 불이 섞여서 내 불을 알 수가 없잖아요"

"그렇게 생각할 수도 있지, 왜냐하면 나도 한때 자네처럼 홀로 불타고 싶었다네"

타다만 나뭇조각은 저 멀리서 아름답게 피어오르는 모닥불을 지긋이 쳐다보았습니다.

"저길 보시게나. 얼마나 아름다운가? 큰 빛을 꿈꿔 자기 자신을 불길에 내어 놓은 저들이!"

먼발치에서 타오르는 모닥불은 환하고 따뜻하게 빛나고 있었습니다. 아름다웠습니다. 그리고 홀로 타오름이 없었습니다. 모닥불의 불꽃은 마치 어둠을 걷어내며 쓰러진 빛을 일으키고, 깊은 밤의 파편을 몰아내는 듯했습니다. 하지만 네모난 장작은 지금껏 타오르고자 했던 이유가 어둠과 밤을 걷어내는 것이 아닌, 모두가 자신을 부러워하고, 모두에게 주목받는 것이었습니다. 그래서 네모난 장작에게 처음 붙었던 불은 잠시 자리할 수는 있어도, 오래 타오를 수가 없었던 것이었습니다.

"자네는 다시 저 불에 뛰어들 수 있다면 뛰어들겠나?"

"그걸 말이라고 하세요? 당연하죠"

"그 마음을 절대 잃어버리지 말게나"

"근데 어떡하죠? 제 머리는 볼 품 없는 잿덩이가 되어서 장작으로서 가치가 없는걸요"

네모난 장작이 자신의 처지에 하염없이 고개를 숙이고 있자 오래된 나뭇조각이 네모난 장작을 나무랐습니다.

"재가 되면 의미가 없다고? 가당찮은 소리! 재마저도 불속에 있다면 밝게 빛나 별처럼 기억된다네. 한때 우직하게 불을 버티고 버텼던 모닥불 아래, 그리고 마침내 가장 아래로 내려앉아 별처럼 껌뻑일 때! 그제서야 우리는 하늘의 별이 되는 것이야"

네모난 장작은 오래된 나뭇조각의 말에 저 멀리서 불타는 모닥불을 자세히 들여다봤습니다. 그런데 정말 모닥불 아래에는 오래된 나뭇조각이 말한 것처럼 재들이 껌뻑 거리며 빛을 내고 있었습니다.

"우리는 재가 되어야 비로소 하늘로 기억되는 별이 된다네"

후회로 가득 찼던 네모난 장작의 마음은 이제 다시 타오르고자 하는 소망으로 가득 찼습니다. 그래서 네모난 장작은 모두를 위해,

"저길 보시게나. 얼마나 아름다운가?
큰 빛을 꿈꿔 자기 자신을 불 길에 내어 놓은 저들이!"

그리고 나를 위해, 그리고 장작에게 불씨를 심어준 나무꾼을 위해 타오르기로 다시 마음을 먹었습니다.

그렇게 시간이 지나 새벽이 찾아왔습니다. 바람은 더욱 차가워졌고, 모닥불의 불도 조금씩 꺼져 갔습니다. 그래서 나무꾼은 모닥불에 불을 더하려 멀리 던져 놨던 네모난 장작을 다시 가지러 갔습니다. 나무꾼이 다가오자 네모난 장작은 몸을 들썩이며 옆에서 잠시 잠든 오래된 나뭇조각을 깨웠습니다.

"아저씨! 나무꾼이 저를 다시 모닥불로 데려가나 봐요! 아저씨도 저랑 같이 가요!"

하지만 오래된 나뭇조각은 신나서 들썩이는 네모난 장작에게 고개를 저으며 말했습니다.

"나는 이 자리를 지키는 게 나의 일이야. 나는 다른 장작들에게 좋은 길잡이가 되고 싶다네. 그러니 자네는 이제라도 가장 깊게 타올라서 큰 빛을 발하시게!"

그렇게 네모난 장작은 나무꾼 손에 붙들려 모닥불이 피워내는 불꽃 속으로 다시 던져졌습니다. 그리고 네모난 장작에게 다시금 불이 붙고, 다시 타오르며 이내 하늘로 기억되는 별이 되었습니다.

"우리는 재가 되어야 비로소 하늘로 기억되는 별이 된다네"

다섯 번째 씨앗

항아리에 담긴 물

- 5 -

항아리에 담긴 물

"자, 자. 곧 혼인식이 시작될 테니까 서둘러서 준비하세요!"

오늘은 어느 부자의 첫째 아들이 혼인식을 올리는 잔칫날입니다. 그래서 부잣집의 일꾼들은 아침부터 멋진 장식과 전통 원단으로 주변을 꾸미고 있었고, 최고의 실력을 가진 요리사들이 잔치를 풍성하게 해줄 맛있는 음식을 요리하고 있었습니다. 그리고 많은 사람들이 혼인잔치에 참여했고 부자의 첫째 아들에게 축복을 아끼지 않았습니다. 부자는 아들을 어찌나 사랑하고 자랑스러워했던지, 아들의 혼인을 축하해 주러 온 하객들에게 매일 정오가 될 때마다 아들을 소개하며 이렇게 감사 인사를 전했습니다.

"여러분! 이 녀석이 제 아들입니다.
얼마나 훤칠하고 멋있습니까!"

"여러분! 이 녀석이 제 아들입니다. 얼마나 훤칠하고 멋있습니까! 이런 녀석이 이제는 제 품을 떠나 결혼을 하게 되네요. 오늘도 제 아들 녀석의 혼인을 축하해 주러 오셔서 정말 감사합니다! 마음껏 먹고 마시며 즐기다 돌아가세요!"

부자는 아들과 나란히 서서 혼인 잔치에 방문한 손님과 하객들에게 감사를 아끼지 않았습니다. 그리고 방문한 손님과 하객들은 멋진 잔치를 배풀어 준 부자에게 "맞습니다! 맞습니다!" 하며 부자에게 화답습니다.

한편 부자의 집에는 항아리가 여섯 개 있었는데, 일꾼들은 잔치에 물이 많이 필요했었는지 혼인잔치 내내 항아리에 물을 채웠다 비웠다를 반복했습니다. 그러던 도중에 일꾼 하나가 휴식을 취하기 전에 모든 항아리에 물을 채워 놓고 갔습니다.

"항아리야! 여기에 사람들이 많고 시끌벅적한 이유를 알고 있니?"

"지금은 여기 주인의 아들의 혼인잔치 중이야"

"그래서 시끌벅적했구나!"

항아리에 담긴 물들은 항아리에 담겨있는 동안 쉴 새 없이 항아리에게 이것저것 묻기 시작했습니다. 언제부터 이곳에 있었는지, 황토로 만들어졌는지, 멋진 무늬는 누가 그려줬는지 등등 항아리에 담긴 물들은 궁금한 것이 너무나도 많았습니다.

"그리고 또 궁금한 게 있는데"

"그만! 이제 그만 물어볼래? 나도 모르는 게 많아"

"그러면 너는 나에게 궁금한 것이 없니?"

항아리들은 자신에게 담긴 물들이 이제 그만 조용히 있었으면 했습니다. 하지만 담긴 물들은 쉴 새 없이 떠들어 댔고 항아리 중에 가장 지혜로운 항아리 하나가 나서서 물들에게 질문했습니다.

"너희들은 누가 만들었니?"

"우리? 글쎄, 너무 오래전 일이라 기억이 나진 않는데…"

"그러게 우리를 누가 만들었더라?"

항아리에 담긴 물들은 눈을 감고 아주 오래전 일을 떠올리기 위해 잠잠히 생각에 빠졌습니다. 그러자 지친 항아리들은 옳다구나 하며 좋아했습니다.

'마침내 휴식을 취할 수 있게 되었구나!'

그런데 얼마 지나지 않아서 항아리에 담겨 있던 물들이 갑자기 온몸을 들썩이며 항아리 속에서 떠들기 시작했습니다.

"맞아! 정말이지 어떻게 그분을 설명해야 될까?!"

"나를 만든 분이 기억났어!"

"나도 기억났어!"

"너도야? 나도 기억났어!"

잠시도 조용히 있지 못하는 물들의 소란스러움에 여섯 항아리는 한숨을 푹 쉬었습니다. 항아리에 담겨 있던 물들은 자기네들끼리 신나서 물장구를 치며 꺄르르 웃었습니다. 그런데 지혜로운 항아리는 문득 물을 만든 존재가 누구인지 정말 궁금해지기 시작했습니다.

"그래서 너희를 만든 존재가 누구길래 그렇게 신이 난 거야?"

"우리를 만든 분 말이야? 그분은 저 하늘도 만드셨고, 하늘에 떠도는 구름도 만드셨고"

"하늘에 떠있는 해도 만드셨어! 그리고 달도!"

"아 참, 불어오는 바람과 땅의 모든 모래 알도 만드셨는데⋯ 도무지 셀 수가 없어!"

"맞아! 정말이지 어떻게 그분을 설명해야 될까?!"

그런데 잔치에 물이 다 떨어졌는지, 일꾼들이 항아리에 담긴 물을 모두 퍼내어 갔습니다. 지혜로운 항아리는 물들에게 대답을 듣고

"이 항아리에다 물을 가득 채워보시오"

싫었지만 일꾼들이 물을 모두 퍼내어 간 바람에 대답을 들을 수가 없게 되었습니다. 그런데 방금 전에 물을 퍼내어 갔던 일꾼들이 항아리를 들어 올리더니 어디론가로 옮기기 시작했습니다.

"무슨 일이지?

"글쎄, 우리는 저 위치에서 한 번도 옮겨진 적이 없었는데"

일꾼들은 여섯 항아리를 한참 동안 들고 가더니 어느 손님 무리 앞에 내려놓았습니다. 그곳에는 부자도 있었습니다. 그렇게 일꾼들이 항아리를 부자와 손님 무리 앞에 내려놓자 한 남성이 말했습니다.

"이 항아리에다 물을 가득 채워보시오"

남자의 말에 일꾼들은 부리나케 달려가 여섯 항아리에 물을 가득 채우기 시작했습니다. 지혜로운 항아리는 물이 또다시 자신에게 채워지자 이전에 담겼던 물들에게 듣지 못했던 대답을 듣고자 했습니다.

"물들아! 너희를 만든 존재는 누구니!?"

지혜로운 항아리는 자신에게 쏟아지는 물들에게 질문했지만 물들은 항아리에 부어지고 있던 터라 항아리의 말을 잘 듣지 못했습니다.

"어푸! 어푸! 뭐, 뭐라고?!"

"너희를 누가 만들었냐고!"

그때 정신없이 항아리에 부어지던 물들이 한순간에 조용해졌습니다. 항상 소란스럽던 물들이 갑자기 조용해지자 지혜로운 항아리는 무슨 일인가 싶어 부어지던 물들을 살폈습니다. 그런데 지혜로운 항아리 눈앞에 믿기지 않는 일이 벌어지고 있었습니다. 자신에게 부어지던 물들이 얼굴을 점점 붉히더니 이내 향긋한 포도주로 변해버린 것이었습니다.

알고 보니 항아리에 물을 채우라고 한 남성은 바로 이 세상과, 세상을 구성하는 모든 것을 만든 창조자였습니다. 그리고 항아리에 담기던 물들은 자신을 창조한 존재를 마주해서 수줍은 나머지 얼굴을 붉히다 못해 포도주로 변해버린 것이었습니다.

"이제 가지고 가시면 됩니다"

남자의 말에 항아리의 주인은 일꾼들에게 항아리를 옮길 위치를 가리켰고 일꾼들은 포도주로 가득 찬 항아리를 들고 날랐습니다. 그리고 일꾼들이 항아리를 들고 나르자 포도주로 바뀐 물들은 벅차오르는 감정을 주체하지 못하면서 크게 소리 질렀습니다.

"나를 만든 분이 저분이야!! 이 세상 모든 것을 만드신 분이 바로 저 분이라구!!!"

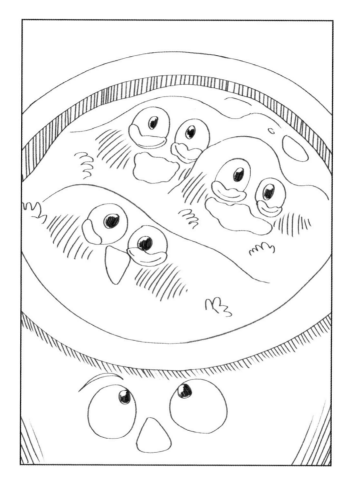

"너희를 누가 만들었냐고!"

"이 세상 모든 것을 만드신 분이 바로 저 분이라구!!!"

여섯 번째 씨앗

비둘기 구추

- 6 -

비둘기 구추

옛날 옛 적 어느 산 마을 위에 많은 날 짐승들이 모여 살고 있었습니다. 그중에 구추라 하는 비둘기가 산 마을 위에서 많은 날짐승들과 함께 살고 있었는데, 어느 날 하나님께서 날개를 다듬고 있던 구추에게 찾아오셨습니다.

"얘 구추야, 날개 다듬는 것이 끝나거든, 맹수들의 왕국인 몽홀로 가서 내 말을 전하고 오거라"

"예? 제가요? 왜요?"

"맹수들의 왕국인 몽홀로 가서 내 말을 전하고 오거라"

"몽홀의 맹수들이 다른 동물들의 목숨을 필요 이상으로 빼앗아서 그렇단다. 그러니 네가 몽홀로 가서 경고를 하고 오렴"

구추는 곧바로 하나님의 표정을 먼저 살폈습니다. 구추가 하나님의 표정을 왜 살폈냐 하면, 하나님은 선하시고 오래 참으시는 분이시기 때문에 악한 짐승들이더라도 여러 번 용서의 기회를 주시는 분입니다. 그래서 하나님의 경고는 표정에서 미리 알 수 있었는데, 죄를 용서하시기 위한 경고를 하실 때는 안타까운 표정을, 반대로 벌을 준비하셨을 때는 화가 난 표정을 하고 계셨습니다. 그런데 구추에게 찾아오신 하나님은 안타까운 표정을 하고 계셨습니다.

"그건 좀 곤란합니다요. 제가 보시다시피 한 쪽 날개가 말을 안 들어서 그 먼 거리는 날아갈 수가 없습니다요"

구추는 하나님의 명령에 순종하기 싫어서 날개가 아프다고 거짓말을 했습니다. 왜냐하면 얼마 전에 몽홀의 맹수인 고양이들이 자신과 같은 날짐승들을 무차별적으로 공격했기 때문입니다. 그래서 구추는 하나님께서 몽홀의 짐승들에게 벌 주시기를 바라고 있었습니다. 하지만 하나님은 몽홀의 짐승들이 죄를 회개하고 돌이킬 기회를 주시고자 하셨습니다.

"그래도 하루 길이니, 내일 해가 뜨면 갔다 오거라"

"예, 그렇게 하도록 하지요"

"저런 극악무도한 맹수에게 하나님의 용서가
닿지 않도록 먼 나라로 떠나버리자!"

그러나 비둘기 구추는 맹수들의 왕국인 몽홀로 가지 않기로 마음 먹었습니다. 왜냐하면 하나님의 경고를 몽홀의 맹수들에게 전하고 싶지 않았기 때문입니다.

'저런 극악무도한 맹수에게 하나님의 용서가 닿지 않도록 먼 나라로 떠나버리자. 저들은 하나님께 반드시 심판을 받아야만 해!'

도무지 몽홀의 맹수들을 용서할 수가 없었던 구추는 차라리 먼 나라로 도망가기 위해 요파 항구로 향했습니다. 요파 항구에 도착한 구추는 마침 파림으로 떠나는 거북이 배를 발견했고 뱃삯을 준 뒤 거북이 등에 올라탔습니다. 거북이 배에는 구추 말고도 먼 나라 파림으로 향하는 다른 짐승들도 많이 타고 있었습니다. 남쪽 평야에서 온 들쥐 상인들과 남서쪽 산맥에서 여행 온 멧토끼, 그리고 구추가 하나님의 말씀을 전하러 가야 하는 몽홀 왕국의 짐승들도 있었습니다.

그렇게 하나님의 명령을 받은 비둘기 구추는 거북이 배를 타고 먼 바다로 떠났습니다. 그렇게 먼바다로 떠난 지 사흘이 되는 날에 하나님께서 큰 바람과 폭풍을 구추가 있는 바다 위로 보내셨습니다. 폭풍이 불어닥치자 구추가 탄 거북이 배는 폭풍과 파도에 크게 흔들리기 시작했습니다. 거북이가 이리저리 흔들거리며 중심을 잡지 못하자 거북이 배에 타고 있던 짐승들은 혼비백산하며 각자 자신의 신을 찾기 시작했습니다.

"도대체 이게 무슨 일인가! 분명 파도를 다스리는 고등어 신이 노하신 것이야!"

"아니야, 분명 하늘을 날아다니는 독수리 신이 노하신 것이야!!"

"그만하고 각자 자신의 짐을 바다로 버립시다! 조금이라도 배를 가볍게 해야 해요!"

그렇게 거북이 배에 타고 있던 짐승들은 각자 자신의 짐을 바다 위로 내던지기 시작했습니다. 하지만 거북이 배의 흔들림은 멈추지 않았고 덮쳐오는 파도는 더욱 높아져만 갔습니다. 한편 혼비백산한 짐승들을 뒤로한 채 구추는 배의 가장 구석에서 깊이 잠들어 있었습니다. 그리고 그러한 구추를 발견한 거북이 배의 선장은 구석에서 자고 있는 구추에게 소리쳤습니다.

"이봐요 비둘기 선생! 지금 폭풍이 불어닥쳐서 모두 죽게 생겼는데, 잠을 자고 있다니! 정신이 나간 게요?! 지금이라도 일어나서 당신이 섬기는 신에게 기도하시오! 행여라도 당신이 섬기는 신이 우리를 생각해 준다면 우리가 이 폭풍을 무사히 넘겨 죽지 않을 수도 있지 않겠소?!"

하지만 구추는 하나님께 기도하지 않았습니다. 차라리 불어오는 폭풍에 잠겨 죽기를 바랐습니다. 그러면 하나님의 용서가 맹수들의 왕국 몽홀에 닿지 않을 수 있기 때문이었습니다. 그때 들쥐 하나가 한 가지 묘안을 제시했습니다.

"잠을 자고 있다니! 정신이 나간 게요?!"

"우리가 제비를 뽑아 봅시다! 누구 때문에 이 재앙이 내렸는지 우리가 제비를 뽑아 알아봅시다!"

"좋은 생각이오! 그렇게 합시다."

그렇게 거북이 배에 타고 있던 짐승들은 자루에 흰 돌을 하나씩 집어넣었고 선장은 검은 돌을 집어넣었습니다. 그리고 자루를 흔들어 섞고는 각자 자루에 손을 넣어 제비를 뽑았습니다. 모두가 자신의 차례가 다가올 때마다 눈을 질끈 감고 자루에 손을 넣었습니다. 어떤 짐승은 자신의 차례가 다가오자 지금껏 지은 죄를 고백하며 신에게 용서를 구하기도 했습니다. 그렇게 구추의 차례가 되었고 구추는 자루에 손을 넣어 제비를 뽑았습니다. 그리고 구추의 손에는 검정 돌이 들려 있었습니다.

"당신이 검은 돌을 뽑았으니, 신이 노한 이유를 당신은 알고 있을 것이오! 얼른 우리에게 말해주시오. 재앙이 우리에게 내린 이유가 무엇이오? 그리고 당신은 누구이고, 어디서 오는 길이오?!"

선장은 몸을 덜덜 떨며 검은 돌을 뽑은 구추에게 간절히 물었습니다. 왜냐하면 거북이가 방금 강한 파도에 맞아 기절해버렸고, 이제 강한 파도를 몇 번 더 맞게 되면 거북이가 뒤집어지기 때문입니다. 하지만 비둘기 구추는 큰 파도에 배가 흔들려도 평온한 마음과 표정을 지으며 더 큰 파도가 오길 기다리고 있었습니다. 그러한 구추를 본 선장과 다른 짐승들은 바닥에 엎드리고 빌었습니다.

"제발 말해주시오! 우리가 모두 죽게 생겼소!"

구추는 생각해 보니 자신 때문에 이 무고한 짐승들이 모두 바다에 빠져 죽을 이유는 없다는 생각이 들었습니다. 그래서 딱한 마음에 자신이 누구인지, 그리고 폭풍이 불어오는 이유와 폭풍을 멈추게 할 방법을 말해 주려 했습니다.

"나는 해동 땅 남쪽 해변 근처에서 태어난 산 비둘기요. 그리고 온 세계 만물을 지으신 하나님을 섬기는 자이지요. 하지만 지금은 하나님을 피해 먼 나라로 도망가는 중입니다"

구추의 말에 거북이 배에 타고 있던 모든 짐승들은 구추 앞에 엎드려 구추에게 소리쳤습니다.

"혹시 해가 가장 먼저 뜨는 나라를 심판한 그 하나님이 아니오?!"

"해동 땅 남쪽 해변의 산비둘기면 실로 하나님을 섬기는 자들 아니오?! 도대체 무슨 생각으로 하나님의 뜻을 거역한 거요!"

그때 폭풍이 더욱 거세지기 시작했고, 이내 거북이 배 위로 파도가 덮쳐 오기 시작했습니다. 그러자 또다시 모든 짐승들이 비둘기 구추에게 빌며 물었습니다.

"우리가 어떻게 해야 합니까? 어떻게 해야 저 성난 바다가 잠잠해지겠습니다?! 제발 말해주시오!"

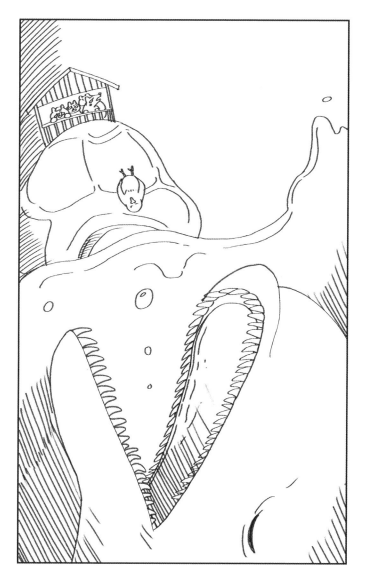

"우리에게 책임을 묻지 말아 주십시오!"

"당신들이 이 거센 폭풍을 만나게 된 것은 나 때문이오. 그러니 나를 저 성난 바다에 던지시오! 그러면 바다가 다시 잠잠해질 것이오"

결국 구추는 다른 짐승들이 자신을 바다에 빠뜨려 죽이도록 해서 자신이 맹수들의 왕국 몽홀로 가지 않으려 했습니다. 선장과 다른 짐승들은 내키지 않았지만 구추를 바다에 던졌습니다.

"해동 땅을 보우하시는 하나님이시여! 우리가 이 자를 죽인다고 해서 우리를 벌하지 말아 주십시오! 당신은 스스로 존재하는 분이라 들었습니다. 그리고 그 뜻대로 하시는 분인 줄을 압니다! 그러니 우리에게 책임을 묻지 말아 주십시오!"

그렇게 구추는 성난 바다에 던져졌습니다. 그리고 거짓말처럼 폭풍과 거센 파도는 순식간에 잠잠해졌습니다. 이 일로 거북이 배에 탔던 짐승들은 구추가 섬기는 하나님을 몹시 두려워하게 되었고, 구추가 섬기는 하나님을 섬기며 살아가기로 맹세했습니다.

한편 하나님께서는 큰 물고기를 보내 깊은 바다에 점점 가라 앉고 있던 구추를 집어삼키도록 하셨습니다. 하나님께서 보낸 큰 물고기에 삼켜진 구추는 잠시 뒤 물고기 배 속에서 정신을 차렸습니다. 물고기 뱃속은 어둡고 미끌거렸으며, 고약한 냄새로 가득했습니다. 하지만 이런 상황에서도 구추는 몽홀를 용서할 수가 없었습니다.

"이제는 당신께 맹세한 나의 모든 약속을 모두 행하려 합니다"

다만 자신을 바다에 빠져 죽게 내버려 두지 않으신 것과 바다에 던져진 자신을 큰 물고기를 통해 자신을 구해주신 것을 감사하며 하나님께 기도했습니다.

"파도의 거품이 나의 숨과 호흡을 막아 올 때 당신을 찾았습니다. 그러자 당신은 내게 응답하셨습니다. 무덤 같은 물고기 뱃속에서 하나님께 도움을 구했더니 당신은 나의 목소리를 듣고 찾아오셨습니다. 이제는 당신께 맹세한 나의 모든 약속을 모두 행하려 합니다. 모든 존재의 구원은 오직 하나님께로부터 옵니다!"

그러자 하나님께서는 구추를 삼킨 물고기를 해변가로 이끄셨고, 물고기는 해변에 다다르자 구추를 뱉어 내었습니다.

"구추야, 일어나거라"

하나님께서 해변에 널브러져 있던 구추를 부르자 구추는 헐레벌떡 일어났습니다.

"다시 맹수들의 왕국 몽홀로 가라! 그리고 내가 네게 일러준 말을 그곳 사람들에게 전하거라!"

구추는 그 즉시 하나님의 말씀에 순종했고 구추는 맹수들의 왕국 몽홀에 도착하게 되었습니다. 맹수들의 왕국 몽홀은 아주 큰 성이었입니다. 어느 정도로 큰 성읍이었냐면 성을 한 바퀴 돌아 보려면 걸어서 3일이나 걸릴 정도였습니다.

그런데 비둘기 구추는 맹수들의 왕국 몽홀에 들어서자 마음이 다시 어려워지기 시작했습니다. 왜냐하면 자신들의 목숨을 앗아간 원수들은 이렇게나 멋지고 위대한 성읍에서 먹고 마시며 즐거워하고 있는데, 구추와 같은 날짐승들은 몽홀이 언제 공격해올지 몰라 아직도 두려움에 떨며 살고 있었기 때문입니다.

그래서 구추는 여전히 하나님의 자비로움에 불만이 있었습니다. 하지만 구추는 하나님의 명령에 순종해야 했기에 몽홀에 도착한 첫날 많은 짐승들이 오고 가는 성읍 길목에 섰습니다. 그리고 하나님의 경고를 외치기 시작했습니다. 그런데 심술이 잔뜩 난 구추는 누가 몽홀에게 경고하는지, 몽홀의 죄가 무엇인지, 무엇보다 몽홀이 하나님께 어떻게 반응해야 하는지를 의도적으로 말하지 않았습니다.

"사십일 후에 몽홀 왕국은 무너질 것이다!"

비둘기 구추는 모든 방법을 동원해서라도 맹수들의 왕국 몽홀에 하나님의 심판이 임하길 바랐습니다. 그렇게 비둘기 구추는 하루 길만 걸으며 몽홀에 대한 하나님의 경고를 외치고 다녔습니다. 그런데 성읍에서 소리를 꽥 꽥 지르고 다니는 구추를 누군가가 황급히 불러 세웠습니다. 구추를 불러 세운 짐승은 며칠 전 파림으로 떠나는 거북이 배에 함께 있었던 몽홀 짐승이었습니다.

"이보시오! 당신은 해동 땅 남쪽 해변에서 온 산비둘기가 아니오?!"

"정말로 우리들의 왕국이 멸망하게 됩니까?!"

거북이 배에 함께 있었던 몽홀 짐승들이 구추를 만날 수 있었던 것은 거북이 배의 선장이 구추를 바다에 던지고는 더 이상 항해하기가 무서워서 다시 육지로 돌아왔기 때문입니다. 그리고 구추의 말을 새겨들은 몽홀 짐승들은 곧장 사람들에게 사태의 심각성을 알리기 시작했습니다.

"여러분! 내가 며칠 전에 파립으로 향하는 거북이 배를 탔었는데 항해 도중 바다 한가운데서 큰 폭풍을 만났소. 그리고 이 비둘기가 폭풍의 원인이었는데, 이 자는 알고 보니 해동 땅 남쪽 해변에서 위대한 하나님을 섬기는 비둘기였소. 그러니 이 비둘기가 하는 말을 잘 들으시오! 우리가 하나님께 죄를 지은 것이 분명하오!"

구추와 함께 거북이 배를 탔던 몽홀 짐승들은 두렵고 떨리는 마음으로 몽홀 왕국을 누비며 크게 외쳤습니다. 그때부터 몽홀의 짐승들은 비둘기 구추를 통한 하나님의 경고를 믿기 시작했고 이 소문은 몽홀 왕국을 다스리는 왕에게도 전해졌습니다.

"몽홀의 모든 짐승들은 들어라! 모든 짐승들은 배를 채울 수 있는 어떤 것도 입에 대지 말아야 한다. 물도 마시지 마라! 이제 각자 옳지 않은 길에서 돌이키고, 휘두르던 모든 폭력을 그쳐라!"

"사십일 후에 몽홀 왕국은 무너질 것이다!"

"그리고 하나님께 힘껏 부르짖어라! 혹시 하나님께서 우리를 향한 분노와 노여움을 돌리 실지 누가 알겠느냐!?"

몽홀의 짐승들은 음식을 먹지도 않고, 거칠고 억센 천을 입은 채 하나님께 잘못을 빌었습니다. 몽홀의 왕도 입고 있던 왕의 옷을 벗고, 굵은 베 옷을 입은 채 잿더미에 앉아 하나님께 잘못을 빌었습니다. 그러자 하나님께서는 몽홀의 짐승들이 저마다 지은 죄를 회개하고 나쁜 길에서 돌아서는 것을 보시고 몽홀를 향한 심판을 거두셨습니다. 그런데 하나님께서 몽홀를 향한 심판을 거두시고 몽홀를 용서하자 비둘기 구추는 매우 화가 났습니다.

"하나님! 제가 뭐라 그랬습니까. 저들이 하나님의 경고를 듣고 악행을 멈출 것이라고 하지 않았습니까? 제가 하나님을 피해 파림으로 달아났던 이유가 바로 이것 때문입니다. 하나님은 은혜로우시고, 자비로우시며, 좀처럼 노하지도 않으시고 사랑이 한없는 분이셔서 심판마저 거두시는 분이시기 때문입니다!"

구추는 하나님께 울분을 토했습니다. 몽홀의 짐승들이 하나님께 용서받은 것이 억울하고 분해서 구추는 하니님께 악을 쓰며 따졌습니다.

"차라리 저를 죽이십시오! 제 목숨을 거두어주십시오! 이렇게 분하고 억울하게 살 바에는 차라리 죽는 것이 났겠습니다!!"

"혹시 하나님께서 우리를 향한 분노와 노여움을
돌리 실지 누가 알겠느냐!?"

"하나님! 제가 뭐라 그랬습니까!"

그때 화가 머리 끝까지 나서 씩씩거리고 있는 구추에게 하나님께서 찾아오셨습니다.

"구추야, 네가 지금 화를 내는 것이 옳으냐?"

구추는 하나님께서 찾아와 물으셨지만 대답도 하지 않은 채 몽홀 왕국의 성읍을 빠져나왔습니다. 그리고 몽홀 성읍 동쪽에 있는 언덕으로 가서 거기다 작은 둥지를 틀었습니다. 그리고 둥지의 그늘 아래에서 몽홀이 어떻게 되는지를 지켜보았습니다. 그런데 한참을 뜨거운 햇볕 아래에 있던 구추가 안쓰러웠던 하나님은 둥지 주변의 박 넝쿨을 자라게 해서 구추의 머리 위에 그늘을 마련해 주셨습니다. 그리고 박 넝쿨이 자라나 그늘이 생기자 비둘기 구추는 무척이나 신이 났습니다.

그렇게 하루가 지나고, 구추는 새벽에 일어나자마자 몽홀의 상황을 살폈습니다. 하지만 맹수들의 왕국 몽홀은 티끌 하나도 상해 있지 않았습니다. 구추는 여전히 건사한 몽홀을 보며 계속해서 몽홀의 멸망을 위해 기도했습니다. 그런데 벌레 한 마리가 구추의 둥지 위로 난 박 넝쿨을 갉아먹기 시작했고 정오가 되면서 둥지 사이로 뜨거운 햇볕이 다시 들어와서 구추를 괴롭게 했습니다.

"하나님! 박 넝쿨은 왜 또 거두어 가신 겁니까?! 이렇게 억울하게 사느니 차라리 죽는 것이 더 낫겠습니다"

"무엇이 옳고, 무엇이 그른 줄도 모르는 저들을
내가 어찌 아끼지 않겠니?"

그러자 하나님께서 구추에게 또다시 찾아와 말씀하셨습니다.

"박 넝쿨이 죽었다고 네가 이렇게 화를 내는 것이 옳으냐?"

"옳다뿐이겠습니까요? 저는 화가 나서 죽겠습니다"

"그저 하룻밤 사이에 자라났다가 하룻밤 사이에 사라진 넝쿨마저
도 네가 이토록 아끼는데, 무엇이 옳고, 무엇이 그른 줄도 모르는
저들을 내가 어찌 아끼지 않겠니?"

일곱 번째 씨앗

충성 장군

- 7 -

충성 장군

그리 멀지도 않고, 가깝지도 않은 과거에 충성 왕국에는 키가 작고 팔 다리도 짧은 어느 장군이 있었습니다. 이 장군은 항상 "충! 성!" 하며 경례했는데, 상대가 자신보다 낮은 계급의 부하이더라도 항상 '충! 성!' 하며 인사했습니다. 그래서 항상 "충성"을 입에 달고 살던 장군은 모두에게 충성 장군이라고 불렸습니다.

그러던 어느 날 평화로운 주말 오후에 한 남성이 충성 왕국 성 입구에 나타났습니다. 남자는 온몸이 피투성이였고 몸을 바들바들 떨며 간신히 자신을 소개했습니다.

"충성 왕국과 정의를 위하여!"

"쿨럭! 쿨럭..! 날카로운 이빨 사이로 불을 뿜는 괴수들이 나의 조국, 내가 자라 온 나라를 몽땅 태워버렸습니다…!"

이웃 나라에서 간신히 살아나온 남성의 말에 충성 왕국 군인들은 곧바로 소집 명령을 받았습니다. 그리고 모든 군인들은 한 시간이 되기도 전에 모두 성문 앞으로 집결했습니다. 충성 왕국에서 복무하는 군인들이 성 입구에 모두 모이자 군대 최고 사령관은 큰 목소리로 말했습니다.

"제군들도 소식을 들어서 알겠지만 1000년간 외세의 침략을 막아냈던 이웃 나라가 무시무시한 괴수 군대의 습격으로 멸망했다고 한다. 그리고 분명 괴수들은 멀지 않은 곳에 위치한 이곳 충성 왕국을 틀림없이 공격할 것이라고 판단했다! 그래서 우리는 침략하는 괴수들에게 맞서 싸울 것이며, 이 나라를 목숨 바쳐 지켜낼 것이다. 충성 왕국과 정의를 위하여!"

최고 사령관은 무겁고 튼튼한 목소리로 군인들의 마음에 용기를 불어 넣었습니다. 그러자 군인들은 나라를 위해 용맹하게 싸울 것을 큰 함성으로 대답했습니다.

"충성 왕국과 정의를 위하여!"

쩌렁쩌렁하게 울리는 군인들의 함성 소리에 최고 사령관은 크게 흡족해 했습니다.

이후 최고 사령관 옆에 있던 작전 대장이 사령관에게 경례를 하고 군인들 앞에 서서 방어 작전에 대해 설명했습니다.

"우리는 괴수들의 공격을 방어해야 한다. 괴수들은 분명 이웃 나라와 우리 조국의 경계인 하늘이 닿는 숲을 통해 올 것이다. 하지만 적들이 하늘이 닿는 숲을 지나 와서 승냥이들의 초원에 다다르면 우리는 괴수들을 막을 방법이 없다. 그래서 우리는 괴수들이 하늘이 닿는 숲을 지나오기 전에 섬멸하는 것이 우리들의 목표이다. 괴수 중에 단 한 놈도 초원에 닿지 못하도록 우리는 방어해야 한다!"

작전 대장은 차분하고 명료한 목소리로 모든 군인들에게 방어 작전을 설명했고, 작전이 설명되는 동안에는 고요한 긴장감이 맴돌았습니다. 작전 대장은 방어 작전 설명을 끝내고 다시 자신의 자리로 돌아갔고 최고 사령관은 각 분야의 장군들을 따로 앞으로 불러 모았습니다.

최고 사령관의 부름에 앞으로 나온 장군들은 모두 키가 크고 근육이 울퉁불퉁 했습니다. 그리고 자신의 분야에서 최고라 불리는 천재들이었습니다. 모든 군인들은 장군들이 앞으로 나올 때마다 존경을 표하며 박수를 쳤습니다. 이때 충성 장군도 함께 앞으로 걸어 나갔습니다. 충성 장군은 흔들리지 않는 눈동자와 절도 있는 걸음을 걸으며 앞으로 나갔습니다.

"자네와 자네는 군인들이 전투할 때 필요한 무기와 음식을
전달하는 보급을 맡아 주고, 그리고…"

그런데 군인들이 다른 장군들에게는 박수와 존경을 담은 함성으로 환호했지만 충성 장군이 지나갈 때는 오히려 충성 장군의 계급을 이해할 수 없다는 표정을 보였습니다.

그렇게 모든 장군들이 최고 사령관 앞에 섰습니다. 최고 사령관 앞에 선 장군들은 충성 장군을 포함해서 총 열두 명이 섰습니다. 그리고 최고 사령관은 열두 명의 장군들에게 하나하나 작전을 지시했습니다.

"자네와 자네, 그리고 자네들은 각각 방어선을 구축해 주시게나. 그리고 자네와 자네, 그리고 자네는 창과 방패를 든 군인들을 맡아서 지휘하고, 자네와 자네, 그리고 자네는 활을 쏘는 궁수와 검을 든 군인들을 지휘하시게. 그리고 자네와 자네는 군인들이 전투할 때 필요한 무기와 음식을 전달하는 보급을 맡아 주고, 그리고…"

최고 사령관은 가장 끝에 있던 충성 장군을 보며 어떤 역할을 주어야 할지 막막했습니다. 이미 필요한 역할 군에는 훌륭한 장군들이 이미 배치되어 있었고, 그렇다고 해서 충성 장군을 일반 병사의 역할을 줄 수는 없기 때문이었습니다. 그때 난감해하던 최고 사령관은 옆에 있던 작전 대장을 불러 작은 소리로 충성 장군을 어디에 배치 할지 물었습니다.

"충성 장군을 어디에 배치하면 좋겠소?"

"충성 장군은 솔직히 힘도 약하고, 키도 작고, 똑똑하지 못할뿐더러 달리기도 느립니다. 저렇게 볼품없는 사람을 왜 국왕께서 장군으로 임명하신 건지… 아직도 이해가 가질 않습니다"

"나도 자네와 같은 생각이라네. 하지만 충성 장군을 이번 전투에 배치하지 않으면 국왕께서 뭐라 하실 것이 분명하니, 전투에 방해되지 않도록 구석에 배치할 만한 곳을 말해 보시게나"

"사령관님, 제게 좋은 생각이 있습니다"

"뭔가? 말해보시게"

"남서쪽 국경 끝에 있는 숨은 계곡으로 충성 장군을 보내는 건 어떻습니까?"

"정말 좋은 생각일세! 숨은 계곡은 우리 성과 아주 멀어서 굳이 방어하지 않아도 되는 곳이니, 충성 장군을 보내기에 딱 알맞은 곳이야"

최고 사령관은 흡족한 표정을 지으며 충성 장군에게 다가갔습니다. 충성 장군은 최고 사령관이 다가오자 "충! 성!" 하며 경례했고, 최고 사령관도 충성 장군의 경례를 받아주기 위해 허리를 아래로 굽히며 "충! 성!" 하고 경례를 했습니다. 그리고 최고 사령관은 충성 장군에게 이렇게 명령했습니다.

"자네는 남서쪽에 위치한 숨은 계곡을 지키시게나"

"충! 성!"

"그곳은 크게 위험한 곳이 아니니, 일단은 자네 혼자만 가시게. 그리고 그럴 일은 없겠지만 혹시 그곳에서 괴수들을 보거나 수상한 움직임을 보게 되면 그곳에 있는 봉화에 불을 붙이시게"

"충! 성!"

최고 사령관은 충성 장군을 마지막으로 모든 명령을 하달하고 다시 단상에 올랐습니다. 그러자 전쟁을 앞두고 있는 모든 군인들은 절도 있게 차렷 자세를 취했습니다. 곧이어 최고 사령관은 군인들에게 큰 소리로 명령했습니다.

"전군! 하늘이 닿는 숲까지 전진 앞으로!"

"충성 왕국과 정의를 위하여!"

충성 장군 외에 모든 군인들은 하늘이 닿는 숲을 향해 앞으로 나아갔습니다. 군인들이 군화 발을 구르며 나아갈 때 척, 척 하는 소리가 일대에 울렸습니다. 용맹하게 괴수들과 싸우러 나가는 군인들은 비장한 마음과 굳은 자세로 전진했습니다. 그리고 충성 장군도 자신이 지켜야 할 곳인 숨은 계곡으로 출발했습니다. 충성 장군은 자신만 숨은 계곡으로 혼자 보낸 것에 불만이 없었습니다. 왜냐하면 충성 장군은 평소에도 명령이 아무리 터무니없고 유치하고, 시시한 명령이더라도 최선을 다해 명령을 수행 한 장군이었습니다. 그래서 이번에도 충성 장군은 숨은 계곡을 사수하기 위해 무기와 짐을 챙겼습니다.

충성 장군은 자신에게 맞는 투구와 흉배, 허리띠, 그리고 군화를 단단히 조여 신었고, 작지만 예리한 검과 방패를 챙겨 들었습니다. 그리고 봉화에 기름이 말랐을 때를 대비해서 여분의 기름과 불을 붙일 부싯돌도 함께 챙겼습니다. 그렇게 모든 준비를 마친 충성 장군은 숨은 계곡으로 담담히 나아갔습니다.

숨은 계곡은 왕국의 서쪽 숲 경계 끝자락에 위치한 아주 숨어있는 계곡입니다. 숨은 계곡은 바닥이 깊고 넓지만 긴 풀과 넝쿨에 덮여 있어서 자세한 위치를 알 수 없는 곳입니다. 그래도 혹시 모를 때를 대비해 봉화를 세워 두었습니다. 하지만 천년 동안 단 한 번도 사용한 적이 없어서 봉화에는 녹색 이끼가 끼거나, 가끔은 새들이 날아와서 알을 낳고 가기도 했습니다. 이렇게 험한 숲속까지 충성 장군은 하루 꼬박 쉬지 않고 걸어갔습니다. 그리고 해 질 무렵이 되어서야 숨은 계곡에 위치한 봉화에 도착하게 되었습니다. 봉화에 도착한 충성 장군은 간단히 만들어 온 주먹밥과 보리차를 마시며 약간의 휴식을 취했습니다.

"전군! 하늘이 닿는 숲까지 전진 앞으로!"

충성 장군은 주먹밥을 한 입 먹으면 보리차를 한 모금을 훌짝 마셨습니다. 그렇게 식사를 하던 충성 장군은 가지고 온 주먹밥을 두어 번 베어 먹었을 때 국경의 경계 너머에서 많은 새들이 황급히 날아오는 것을 보았습니다. 충성 장군은 곧바로 먹던 주먹밥을 내려놓고 상황을 파악하기 위해 봉화 꼭대기로 올라갔습니다. 하늘은 국경 너머로부터 날아드는 새들로 가득 차 있었습니다. 새들은 각각 긴박하고 두려운 울음소리를 내며 무언가로부터 도망치는 것이 분명해 보였습니다.

충성 장군은 심상치 않은 것을 확인하고 곧바로 가지고 있던 기름을 봉화에 붓고 불을 붙였습니다. 그리고 긴 풀과 넝쿨을 걷어 내며 숨은 계곡 아래로 내려갔고, 계곡 바닥에 도착한 충성 장군은 숨은 계곡 바닥에 귀를 대어 보았습니다.

-쿵, 쿵, 쿵, 쿵-

충성 장군의 귀에 들려온 쿵쿵 거리는 소리는 여러 발자국 소리가 무겁게 뭉쳐 울리는 소리였습니다. 그리고 그 소리가 더욱 선명해졌는데, 알고 보니 괴수들이 하늘이 닿는 숲으로 공격해 오는 것이 아닌 숨은 계곡을 향해 공격해 오는 것이었습니다.

하지만 충성 장군은 당황하지 않고 계곡에서 땅으로 올라오는 유일한 오르막길을 큰 바위와 썩은 나무를 굴려 막아 괴수들이 올라오지 못하도록 입구를 좁혔습니다.

그리고 충성 장군은 남은 기름을 입구를 막은 바위와 나무에 들이 부었고, 혹시 괴수들이 올라올 때를 대비해서 몸 만한 바위도 옆에 두었습니다. 모든 준비를 마친 충성 장군은 봉화에서 올라가는 연기를 아군이 발견하기를 기도하며 가만히 기다렸습니다.

시간이 지나면서 주변에 있는 작은 돌조각들이 흔들릴 정도로 괴수들이 가까이 다가왔음을 느낄 수가 있었습니다. 그리고 이제는 괴수들의 울음소리와 북소리, 그리고 거친 걸음이 섞인 소리가 선명하게 들려오기 시작했습니다. 그래도 충성 장군은 물러서지 않았습니다.

"은밀하게 전진해라! 걷는 속도는 빠르게! 인간들이 눈치채지 못할 정도로 조용히 움직여라!"

괴수들의 대장이 괴수 군단을 지휘하는 소리가 코앞에서 들려왔고, 곧이어 계곡 저 멀리 있던 모퉁이에서는 괴수들이 든 횃불의 빛이 주변을 밝히며 전진해 오는 것을 볼 수가 있었습니다. 전진해 오는 괴수들의 수는 상상할 수 없을 정도로 많았습니다 괴수들은 그렇게나 넓은 숨은 계곡의 바닥을 가득 매울 정도로 그 수가 많았고 하나같이 흉측한 모습에 거친 피부, 긴 혀와 꼬리를 이리저리 흔들며 걸어오고 있었습니다.

하지만 충성 장군은 다가오는 괴수들에게서 도망치지 않고 오히려 혹시 투구와 흉배, 그리고 허리띠가 헐렁이지 않는지 한 번 더 확인했습니다. 그렇게 괴수들은 계곡의 출구까지 다다랐습니다. 하지만 충성 장군이 바위와 나무를 미리 무너뜨려 놓아서 괴수들은 더 이상 앞으로 나아갈 수가 없었습니다.

"어제 이곳을 미리 정찰한 녀석이 누구야! 분명 계곡을 빠져나가는 길이 뚫려 있다고 하지 않았나?! 이런 쓸모없는 녀석 같으니라고!"

괴수들의 대장은 보기에는 멍청해 보였지만 아주 지혜로웠고 준비성이 철저했습니다. 그래서 정탐꾼을 미리 보내서 계곡의 지리와 형태, 그리고 입구와 출구를 미리 파악 해놓았습니다. 하지만 충성 장군이 바위와 나무로 미리 무너뜨려 출구가 막혔기 때문에 괴수들은 숨은 계곡 밖으로 나갈 수가 없었습니다..

"이봐! 오르막 위로 네가 먼저 올라가 봐!"

괴수들의 대장이 몸집이 그나마 작은 괴수를 돌무더기로 막힌 오르막 위로 보냈습니다. 몸집이 그나마 작은 괴수는 자신의 대장의 명령에 투덜거리며 바위와 나무로 뒤덮인 오르막을 오르기 시작했습니다. 하지만 작은 괴수는 충성 장군이 미리 기름을 발라 놓은 탓에 바위와 나무가 너무 미끄러워 도무지 올라갈 수가 없었습니다. 작은 괴수는 한 발짝 다리를 디디면 다른 다리가 미끄러졌고,

"은밀하게 전진해라! 걷는 속도는 빠르게!"

손으로 나무나 바위를 잡으면 또 그곳이 미끄러워 굴러떨어지기를 반복했습니다.

"멍청한 녀석! 그것 하나 제대로 못해?!"

"대장 그게 아니라 너무 미끄러워서 올라갈 수가 없어!"

"쓸모없는 녀석! 또다시 실패하면 너를 잡아먹어버리겠어!"

"흐이익! 꼭 성공할게 대장! 잡아먹지 말아 줘!"

몸집이 작은 괴수는 간신히 돌무더기를 잡고 디디며 올라갔습니다. 하지만 겨우내 올라온 곳에는 충성 장군이 떡하니 지키고 있었습니다.

"흠!"

충성 장군은 들고 있던 작은 방패로 손 다리를 벌벌 떨며 겨우 미끄러운 바위를 붙잡고 있던 괴수를 밑으로 밀어 떨어뜨렸습니다. 그리고 작은 괴수는 아래로 데굴데굴 굴러 가다가 괴수들의 대장 머리 위로 굴러떨어졌습니다.

"으악!"

"얼른 내려오지 못해?! 잘 가다가 왜 굴러떨어진 거야!"

"잘못했어 대장! 저 위에서 이상한 인간이 나를 밀었어!"

"뭐?! 인간이 여기에 있을 리가 없잖아! 인간들은 모두 하늘이 닿는 숲에 있을 텐데, 네가 잘못 본 거 아니야?!"

"아니야 대장 틀림없어. 콩알만 한 녀석이 나를 방패로 밀었어!"

"쓸모없는 녀석, 저리 비켜!"

괴수들의 대장은 자신들을 가로막는 충성 장군에게 화가 머리끝까지 났습니다. 괴수들은 아무도 모르게 이동해서 빠른 속도로 허를 찌르려 했지만 충성 장군 하나 때문에 괴수들의 계획은 모두 물거품이 될 수 있었습니다.

"이봐! 너는 누구냐! 이리 나와서 네 정체를 드러내라!"

괴수들의 대장은 큰 목소리로 충성 장군을 불렀지만 충성 장군은 아무 대답도 하지 않고 침착하게 괴수들의 행동을 지켜봤습니다.

"저기 위에 인간이 있는 게 확실한 거냐?!"

"정말이야 대장! 저 위에 콩알만 한 인간 녀석이 있어!"

"그럼 다시 올라가서 저 녀석을 잡아와!"

괴수들은 대장의 명령에 돌무더기로 막힌 오르막을 헐레벌떡 오르기 시작했습니다.

하지만 역시나 바위에 잔뜩 묻어 있는 기름 때문에 괴수들은 한 발짝 오르면 미끄러지고, 두 발짝 올라가더라도 미끄러져 아래로 데굴데굴 굴러떨어졌습니다. 그렇게 한참 동안 괴수들은 기름 발린 돌무더기를 오르고 미끄러지기를 반복했습니다. 그리고 오르지 못하고 굴러떨어지기만 하는 자신의 부하들을 한심하게 지켜보던 괴수들의 대장은 더 이상 시간을 지체할 수 없었는지 불 뿜는 큰 곰 세 마리를 불렀습니다. 불 뿜는 큰 곰들은 각각 절망, 공포, 고통이라 불렸습니다. 이 세 곰은 아주 큰불을 뿜어내는데, 웬만한 쇳덩이들은 곰들이 뿜어내는 불에 녹아버릴 정도였고, 괴수들은 지금까지 절망과 공포, 고통이 뿜어내는 불로 많은 성과 나라를 함락시켰습니다.

"무슨 일입니까?"

"무슨 일이긴! 너희들의 불이 필요하다. 여기가 출구인데, 어떤 인간 녀석이 돌을 무너뜨려 출구를 막아버렸어. 근데 바위에 기름을 뿌려 두어 올라갈 수도 없게 만들어버렸어!"

그때 고통이라 불리는 곰이 괴수들의 대장에게 말했습니다.

"만약 저희의 불이 저 기름 묻은 바위에 닿으면 그 불이 거세서 저희에게도 피해가 있을 것 같은데 괜찮겠습니까?"

"무슨 일이긴! 너희들의 불이 필요하다"

"잔말 말고 불이나 뿜어!"

"그렇게 하지요"

절망과 공포, 고통이라 불리는 곰 셋은 돌무더기 오르막을 향해 불을 뿜어대기 시작했습니다. 그런데 곰들이 우려했던 대로 뿜어내는 불이 기름 묻은 돌무더기에 닿자 계곡을 덮고 있던 넝쿨과 나무들을 몽땅 태워버렸고, 큰 연기는 계곡 해서 하늘 위로 솟구쳤습니다.

그 와중에 충성 장군은 기름을 바르지 않은 곳으로 미리 피해 있어서 불길이 닿지 않았지만 열기가 어찌나 강했던지 충성 장군은 옅은 화상을 입게 되었습니다. 그래도 충성 장군은 절망과 공포, 고통의 곰들이 매서운 불을 뿜어대도 충성 장군은 물러서지 않았습니다.

"흠!"

그런데 계곡 천장을 덮고 있던 넝쿨과 나무들이 사라지자 계곡에는 바람이 불어오기 시작했습니다. 바람은 강하고 빠르게 계곡 아래로 불어 내려왔습니다. 마치 바람들이 새로운 장소를 발견한 것마냥 계곡 아래로 신나게 내려와 구석구석 탐험하는 듯했습니다. 그리고 바람의 방문은 곧 괴수들에게는 큰 위험으로 다가왔습니다.

"대장! 바람이 불어와서 불길이 우리를 덮치려고 해!"

"젠장! 대체 저 인간 녀석 하나 때문에 일이 몇 개가 꼬이는 거야! 불 뿜는 곰들아! 불을 이만 그쳐라!"

괴수들의 대장은 곰들에게 불을 그만 뿜으라 명령했습니다. 하지만 갑자기 강한 바람이 불어온 탓에 불 뿜는 곰들은 되려 자신들의 불에 삼켜졌습니다. 그리고 선두에 있던 많은 괴수들도 곰들이 뿜어내는 불에 삼켜져 검은 재가 되어버렸습니다. 그래도 돌무더기에 묻어 있던 기름은 이제 모두 불타 없어졌는지 괴수들의 대장은 발이 빠른 괴수들을 다시 돌무더기 위로 보냈습니다.

"재빠르게 올라가라! 인간 녀석이 또 어떤 짓을 할지 모른다!"

발 빠른 괴수들은 검게 그을린 돌무더기를 빠르게 올라가기 시작했습니다. 괴수들은 간간이 작은 돌에 미끄러지기도 했지만 충성 장군이 지키고 있는 오르막 끝까지 순식간에 다다랐습니다. 그런데 충성 장군은 발 빠른 괴수들이 오르막 끝에 다다를 때쯤 미리 준비해둔 큰 바위를 아래로 밀어 굴렸습니다.

- 쿠구구궁! -

"저게 뭐야! 바위가 굴러온다!"

"으아아악! 괴수 살려!"

충성 장군이 굴린 바위에 오르막을 올라오던 괴수들 대부분이 깔려 버렸습니다.

그래서 괴수들의 대장은 또다시 분노했지만 시간을 지체할 수 없어서 활 쏘는 괴수들에게 불화살을 쏘라 명령했습니다.

"절망과 공포, 고통이 뿜어낸 불의 잔불을 이용해서 불화살을 만들어 쏴라! 저 녀석이 우리가 오르막을 오를 때 바위를 굴리지 못하게 하란 말이야 이 멍청한 녀석들아!"

활 쏘는 괴수들이 계곡 곳곳에 남아 있는 잔불에 화살 촉을 갖다 대어 화살에 불을 붙였습니다. 그리고 발 빠른 괴수들이 오르막을 오를 때 충성 장군이 있는 곳으로 화살을 쏘아 올렸습니다. 괴수들이 불화살을 계속해서 쏘아대자 충성 장군은 방패를 들어 불화살을 막아내었습니다. 하지만 쏟아지는 불화살에 도무지 움직일 수가 없던 충성 장군은 오르막을 올라오는 괴수들을 막아낼 수가 없었습니다. 그런데 신기하게도 또다시 계곡 위에서 바람이 불어왔고 괴수들이 쏘아대는 화살들은 어느 순간부터는 충성 장군이 있는 곳까지 닿지 못했습니다. 화살이 바람에 막혀 더 이상 날아오지 않자 충성 장군은 바위를 곧장 아래로 굴렸습니다.

-쿠구구궁!-

바람 때문에 또다시 오르막을 뚫지 못한 괴수들의 대장은 분노하고 분노하며, 분노했습니다. 괴수들의 대장은 화를 주체할 수가 없어서 계곡 벽면을 주먹으로 쾅 쾅 내리치며 소리 질렀습니다.

"도대체 왜! 저 인간 녀석 하나를 우리가 뚫어내지 못하고 있는 거야!"

그때 간사라 불리는 작은 뱀이 얇고 긴 혀를 내두르며 씩씩거리는 괴수들의 대장 옆으로 다가왔습니다. 간사라 불리는 뱀은 몸이 작고 얇은 실뱀이었지만 머리가 아주 똑똑했고, 스스로 지혜라 칭하는 아주 영악한 뱀이었습니다.

"쉬이익! 대장님, 제게 좋은 생각이 있습니다"

"넌 뭐야?!"

"진정하시지요. 저는 지혜라 불리는 당신의 부하입니다"

"그래서 네가 말하는 좋은 생각이 무엇이야? 만약 시원찮은 말이 나오면 너를 잡아먹어주마"

"쉬이익! 알겠습니다. 만약 제 지혜가 틀렸다면 그렇게 하시지요"

"그래 그럼 한 번 말해봐라"

"저기 위에 있는 인간이 바위를 굴릴 때 잠깐 그 모습을 확인했습니다. 그런데 평범한 인간의 모습은 아니었습니다. 키가 아주 작고 힘도 없어 보였습니다. 그런데 인간들의 군대 장군이 쓰는 모자를 쓰고 있더군요"

"그래서, 그게 어쨌다는 거야?"

"진정하시지요. 저는 지혜라 불리는 당신의 부하입니다"

"대장. 인간들의 장군은 절대 선두에 서지도, 혼자 움직이지도 않습니다. 그들은 군대 맨 뒤에서 명령하기만 좋아할 뿐 절대 선두에서 위험을 무릅쓰고 용맹하게 싸우지 않죠. 그리고 자신의 명령을 수행할 부하들을 꼭 거느리고 다니는데, 저 위에 있는 인간은 분명 장군은 맞으나, 키도 작고 못생기고, 능력도 없어서 분명 자신들의 나라에서 인정받지 못하는 장군인 것이 틀림없습니다"

"그럼 어떻게 해야 되는데? 방법을 말하란 말이야, 방법을!"

"쉬이익! 진정하시지요. 방법은 아주 간단합니다. 저 인간 장군의 상처를 건들고 모욕감을 주는 것입니다! 저 인간 장군은 분명 자신의 나라 군대에서 무시당하고 이번 전쟁에서는 제외되어 하늘이 닿는 숲이 아닌 이곳으로 보내졌을 겁니다. 자신도 분명 알고 있을 것입니다. 자신을 못 미더워 해서 홀로 이곳에 보내졌다는 것을요!"

간사라 불리는 작은 뱀은 충성 장군의 상황을 아주 명확하게 파악하고 있었습니다. 괴수들의 대장은 간사라 불리는 작은 뱀의 말이 일리가 있었는지 고개를 끄덕였습니다.

"그래서 저를 홀로 저 위로 보내 주시면 제가 저 인간 장군의 마음을 무너뜨려 놓겠습니다. 그리고 인간 장군이 절망하고 있을 때 대장이 군대와 함께 위로 올라 오시면 됩니다"

"좋은 생각이군! 내가 이 반지 하나를 줄 테니, 인간 장군이 자포자기하면 이 반지를 아래로 굴려라. 그러면 우리가 올라 가마!"

"쉬이익! 알겠습니다"

간사라 불리는 작은 뱀은 괴수들의 대장이 준 반지를 몸통에 끼고 검게 그을린 돌무더기 오르막을 올라갔습니다. 한편 충성 장군은 아래에 있던 괴수들의 공격이 멈추자 헐렁해진 투구의 끈과 흉배 끈, 그리고 군화 끈을 다시 튼튼히 매었습니다. 그리고 하늘에 흩날리고 있는 검은 연기를 바라보며 왕국의 군대가 오기만을 기다렸습니다. 그때 간사라 불리는 작은 뱀이 오르막 정상에 했습니다. 그러자 충성 장군은 곧장 검을 빼어들어 간사라 불리는 작은 뱀에게 달려들었습니다.

"쉬이익! 잠깐! 잠깐!"

뱀은 달려드는 충성 장군에게 다급히 자신의 배를 보이며 공격할 의사가 없다는 것을 보였습니다. 그러자 충성 장군은 간사라 불리는 작은 뱀을 가를 뻔한 검을 거두었습니다.

"흠!"

"쉬이익! 저는 당신을 공격할 수가 없습니다. 제겐 독도 없고, 송곳니마저 형편없어서 당신을 물지도 못합니다!"

"흠!"

충성 장군은 빼어든 검을 칼집에 넣었습니다. 그러자 간사라 불리는 작은 뱀은 충성 장군의 마음을 무너뜨리기 위해 거짓말을 하기 시작했습니다.

"당신은 장군이지요? 그렇게 멋진 모자를 쓴 인간은 장군밖에 없지요. 그런데 당신은 제가 본 장군 중에 가장 용맹한 것 같습니다! 홀로 저희 괴수 군단에게 맞서 싸웠잖습니까?! 저희 군대에서도 당신처럼 멋지고 용맹한 자를 찾아볼 수가 없지요… 그런데 혹시 하늘이 닿는 숲의 지금 상황을 알고 계십니까?"

"흠!"

충성 장군은 간사라 불리는 작은 뱀의 물음에 기합으로 반응만 하지 절대 대답하지 않았습니다. 하지만 왕국의 군대가 있는 하늘이 닿는 숲의 상황을 전해 듣자 충성 장군은 작은 뱀의 말에 귀를 기울였습니다.

"혹시 모르셨습니까? 이런, 제가 괜한 말을 한 것이 아닌지... 지금 장군의 왕국 군대는 모두 큰 배를 타고 태양이 지는 바다를 향해 떠났습니다. 저희들이 하늘이 닿는 숲이 아닌 이 계곡으로 오고 있다는 것을 알고는 이미 늦었다 판단하여 왕국의 백성들과 군대는 왕국을 버리고 배를 타고 이미 떠났습니다.

군대가 이곳 계곡을 방어하러 오기 전에 저희가 왕국에 도착할 것이라고 판단한 모양입니다. 당신의 왕국이 옳은 판단을 내렸을지도 모르지요. 왜냐하면 이곳에는 당신 혼자만 보내졌으니까요"

간사라 불리는 작은 뱀은 충성 장군의 마음을 거짓말로 흩트려 놓으며 마음이 무너지기만을 기다렸습니다.

"저런.. 버려진다는 것이 얼마나 슬픈 일인지 저도 잘 알고 있습니다. 저도 버려진 몸인걸요"

충성 장군은 변함없는 표정으로 일관했지만 간사라 불리는 작은 뱀은 거짓에 거짓을 덧붙여 충성 장군의 마음을 더욱 흔들었습니다.

"저희는 이미 떠난 당신의 왕국과 군대에 관심이 없습니다. 저희가 굳이 이미 도망간 군대를 따라갈 이유는 없지요. 하지만 당신을 버린 당신의 왕국에 복수를 원하신다면 저희가 기꺼이 장군을 대신해서 장군을 버린 왕국과 군대에 대신 복수해 드리겠습니다! 저희는 장군이 장군의 나라에서 받는 대우가 말이 안 된다고 생각합니다! 이렇게 멋지고 용맹한 군인을 이런 식으로 취급해도 되는 겁니까?! 장군께서 저희 편에 서서 이 계곡길을 열어 주신다면, 저희가 장군을 위해 복수하고 그리고 장군이 살아오신 왕국에서 왕으로 살아갈 수 있도록 약속하겠습니다. 그러니 장군의 군대와 왕국의 백성이 더 먼바다로 가기 전에 계곡의 출구를 열어 주시지요"

간사라 불리는 작은 뱀은 충성 장군을 위하는 척하며 거짓말로 충성 장군을 다독였습니다. 충성 장군은 여전히 굳센 마음을 가지고 있었지만 간사라 불리는 작은 뱀의 눈에는 충성 장군의 속은 이미 무너졌다 생각했고 몸에 끼고 있던 반지를 아래로 굴려 보냈습니다.

-팅! 팅, 팅!-

괴수들의 대장은 간사라 불리는 작은 뱀에게 준 반지가 굴러 내려오자 먼저 열 괴수를 먼저 오르막 위로 보냈습니다. 그런데 이번에는 바위가 굴러 내려오지 않았습니다. 괴수들의 대장은 간사라 불리는 작은 뱀의 작전이 성공했다 판단했고 그제서야 모든 괴수 군대를 데리고 계곡의 오르막을 올라갔습니다. 괴수들의 대장은 검게 그을린 오르막을 올라 마침내 계곡의 출구가 있는 곳에 다다르게 되었습니다.

"쉬이익! 대장! 저 녀석입니다"

간사라 불리는 작은 뱀은 괴수들의 대장이 오르막 정상에 도착하자 곧바로 몸을 돌려 괴수들의 대장 뒤로 몸을 숨겼습니다.

"네놈이냐?! 네놈 덕분에 시간을 얼마나 잡아먹은 줄 알아?! 내가 이 계곡을 넘어가기 전에 너를 꼭 잡아먹어주마!!"

괴수들과 괴수들의 대장은 지금껏 충성 대장에게 쌓인 앙금을 갚고 싶어서 날카로운 발톱으로 땅을 긁고, 으르렁 거렸습니다. 그리고 괴수들의 대장 뒤에 있던 간사라 불리는 작은 뱀은 충성 장군을 속여 무너뜨린 것이 통쾌했는지 웃음을 멈추지 못했습니다.

"쉬이익! 멍청한 녀석, 너 때문에 네 나라와 왕국은 멸망하게 될 것이야! 우리에게 길을 터줘서 고맙구나! 쉬이익!"

괴수들은 일제히 충성 장군에게 달려들었습니다. 괴수들의 대장도 충성 장군에게 분노하며 달려들었습니다. 하지만 충성 장군은 팔짱을 낀 채 어떤 미동도 하지 않았습니다.

"고통스럽게 죽여주마!"

그때 웬 화살 하나가 맨 앞에서 충성 장군에게 달려들던 괴수 이마에 날아와 꽂혔습니다.

"흠!"

갑자기 사방에서 큰 나팔소리가 나더니 괴수들 머리 위로 화살이 비처럼 쏟아져 내리기 시작했습니다. 곧이어 충성 장군 뒤에서 충성 왕국의 군대 기마병들이 충성 장군을 지나치며 괴수들을 향해 돌진했습니다. 그리고 계곡 위에서는 충성 왕국의 군대가 불붙은 바위와 기름을 쏟아붓기 시작했습니다.

"왕국의 군대다! 도망쳐!"

괴수들 머리 위로 쏟아지는 불붙은 바위와 화살, 그리고 거침없이 돌진해오는 기마병들에 괴수들은 혼비백산하며 계곡 아래로 도망쳤습니다.

"왕국의 군대다! 도망쳐!"

"으아악! 이게 무슨 일이야!"

충성 장군은 자신의 왕국 군대가 올 것을 굳게 믿고 있었습니다. 그래서 끝까지 자신의 자리를 지키며 괴수 군대가 계곡 바깥으로 나가지 못하도록 버텼던 것이었습니다.

충성 장군은 몸에 작은 상처와 화상이 있었지만 충성 왕국 군대와 함께 싸우기 위해 검을 뽑아 들었습니다. 그때 군대 최고 사령관이 충성 장군을 불렀습니다.

"장군! 장군이 이곳을 지금까지 홀로 이곳을 막아서고 있었소?! 장군의 충성이 우리의 왕국을 지킨 거요!"

군대 최고 사령관은 먼저 허리를 숙여 충성 장군에게 경례했습니다. 그러자 충성 장군은 역시나 힘차고 굳건한 자세로 경례했습니다.

"충! 성!"

"충! 성!"

여덟 번째 씨앗

오이는 오이, 당근은 당근

- 8 -

오이는 오이, 당근은 당근

어느 큰 도시의 외각에 한 농부가 살고 있었습니다. 농부는 평생 오이와 당근을 수확하며 지내왔습니다. 농부가 수확한 채소들은 옆나라까지도 소문이 자자할 만큼 품질이 아주 좋고 맛도 뛰어났답니다. 그리고 농부는 맛있는 오이와 당근을 추수하는 계절이 오면항상 오이와 당근 한 쌍을 멋진 상자에 넣어 마을 사람들에게 선물을 하곤 했는데, 그래서 마을 사람들은 항상 오이와 당근을 추수하는 계절을 기대하고 기다렸습니다.

"오~ 나는 그대를, 그대는 나를 마주치며 웃을 날이 언제 올까요~"

농부는 여느 때와 같이 밭에 심긴 오이와 당근을 돌보고 있었습니다. 농부의 밭은 널따란 밭을 중심으로 하얀 울타리로 둥그렇게 둘러싸여 있었습니다. 울타리 안으로는 당근들이 길게 여러 줄씩 빼곡히 심겨 있었고, 밭을 둘러싼 하얀 울타리에서는 오이들이 주렁주렁 매달려 한여름의 햇빛에 익어 갔습니다.

여름의 끝, 가을이 다가올 무렵에 태양은 하늘에서 춤을 추며 여름의 끝을 알렸습니다. 강렬하고 뜨거운 태양의 춤은 농부를 많이 힘들게 했지만 당근과 오이들에게는 마지막으로 익어감을 더해주는 더할 나위 없이 아름다운 춤사위였습니다. 그렇게 여름과 가을의 경계를 넘어가는 지금 하얀 울타리에 주렁주렁 매달린 오이들은 태양의 아름다운 춤사위에 맞춰 노래를 하기 시작했습니다.

"오~ 나는 그대를, 그대는 나를 마주치며 웃을 날이 언제 올까요~ 하늘에 달이 여러 번 떴고, 이제는 태양의 춤이 점점 빨라진다오. 어서 그대의 붉게 물든 아름다운 얼굴을 마주하고 싶네~ 오~ 아름다운 그대를 내가, 그대는 기다리는 나를"

오이들은 하얀 울타리에 매달려 함께 익어가는 당근을 향해 한참을 노래했습니다. 그런데 노래하는 오이들이 사이에서 혼자 울타리 뒤로 매달려 있던 게게라는 오이는 화가 잔뜩 나 있었습니다.

"도대체 이게 뭐야! 나는 아무리 노래해도 당근들에게는 내 노래를 들려줄 수가 없잖아!"

화가 잔뜩 난 게게는 사실 너무 빨리 자라서 농부가 일부러 바깥쪽을 향하도록 몸을 돌려놓은 오이였습니다. 하지만 당근이 자라가는 모습을 볼 수 없었던 게게는 불만이 이만저만이 아니었습니다. 게게가 화를 내자 그를 지켜보던 여러 잡초들이 꺄르르 웃으며 말했습니다.

"왜? 우리는 너의 멋진 노래를 들어서 너무 좋아"

"거짓말 마. 농부가 분명 내가 노래하는 소리를 들었던 거야. 내 노랫소리가 끔찍하니까 나를 울타리 바깥으로 돌려놓은 거라고!"

게게가 속상해하자 잡초 옆에 있던 사과나무도 나뭇가지를 흔들며 게게를 위로해 주려 했습니다.

"네 노래가 얼마나 멋있는데! 분명 저기 심어진 당근들 중에 네 노래를 듣고 기억해 줄 당근이 분명 있을 거야. 그러니 노래를 멈추지 말고 계속 불러 보렴!"

게게는 사과나무의 말에 잠시 마음이 괜찮아졌는지 멈췄던 노래를 계속해서 불렀습니다.

"오~ 나는 그대를, 그대는 나를 마주치며 웃을 날이 언제 올까요~ 하늘에 달이 여러 번 떴고, 이제는 태양의 춤이 점점 빨라진다오. 어서 그대의 붉게 물든 아름다운 얼굴을 마주하고 싶네~ 오~ 아름다운 그대를 내가, 그대는 기다리는 나를"

그렇게 하루가 끝나갈 무렵 오이들은 노래를 마무리하기 시작했습니다. 오이들의 노래는 하늘이 붉은 옷으로 갈아입으려 노을을 꺼내들 때 끝 음을 단조로 바꾸며 노래를 마무리합니다. 오이들의 노래를 듣고 있던 다른 잡초들과 사과나무는 오이들에게 감격과 찬사를 보내며 몸을 이리저리 흔들었습니다.

그렇게 밤이 다가오고 부엉이가 "부엉부엉" 하고 울었습니다. 부엉이가 우는소리에 잠이 깬 게게는 문득 낮 동안 실컷 불렀던 노래가 당근이 아닌 잡초들과 사과나무만 들었을 것 같다는 생각이 들었습니다. 안 그래도 목소리가 얇아 자신감이 없었던 게게는 속상해서 밤새 잠을 이루지 못했습니다.

다시 아침이 밝아 왔습니다. 오이와 당근이 심긴 밭에는 태양의 밝은 빛이 비추기 시작했습니다. 오이와 당근 잎에는 밤새 이슬 요정이 왔다 갔는지, 참새 눈물만큼 작은 이슬들이 오이 잎에 매달려 있었습니다. 아침부터 오이들은 오늘도 마찬가지로 당근들에게 멋진 노래를 불러 주었습니다. 특히 노래가 점점 고조될 때 들리는 중저음 소리는 마치 크고 굵은 바람이 산 능선을 아주 낮게 날아가는 소리와 같았습니다.

하지만 울타리 바깥으로 매달린 게게는 목소리가 얇은 탓에 다른 오이들의 노랫소리에 어울리지 못했습니다. 그리고 노래가 점점 고조될 때에도 울타리 바깥으로 매달린 탓에 다른 오이들이 보이지 않아 음과 가사를 뱉는 정확한 순간을 놓치고는 했습니다. 그래서 바깥으로 매달린 오이 게게는 더 이상 노래를 하지 않고 가만히 먼 곳만 바라보았습니다. 그렇게 또다시 밤이 찾아오고 게게는 자신을 바깥으로 매단 농부를 원망하며 밤새 눈물을 흘렸습니다. 그런데 누군가 흐느끼며 울고 있는 게게에게 말을 걸어왔습니다.

"괜찮아?

"흐으윽… 누구야?"

"고개를 옆으로 돌려봐!"

서럽게 홀로 울던 게게는 고개를 옆으로 돌려 봤습니다. 그리고 게게의 옆에는 자신과 똑같이 바깥으로 매달린 오이가 있었습니다.

"어라? 너도 바깥으로 매달렸네?"

"어… 응, 그렇게 됐어"

"내가 너를 못 봤을 리가 없는데, 언제 바깥으로 매달린 거야?"

"사실 오늘 농부가 해가 질 때쯤 나를 바깥으로 몸을 돌려 매달았어"

"정말?!"

"응, 그런데 도무지 내가 왜 울타리 바깥으로 매달린지 이해가 안가"

"농부가 제멋대로인 부분이 있지. 나는 게게야"

"반가워. 나는 동동이야"

사실 오늘 울타리 바깥으로 매달린 오이 동동은 다른 오이보다 튼튼하고 초록 색깔도 뚜렷한 오이였습니다. 그래서 농부는 동동 또한 게게처럼 햇빛에 너무 익지 않게 하려고 바깥으로 잠시 매달아 두었습니다.

"게게야. 너는 언제부터 이렇게 매달려 있었어?"

"나는 여름이 막 찾아왔을 때부터 농부가 바깥으로 매달아버렸어"

"그래? 되게 오래됐네"

"무지 속상했지… 내 노래는 아마도 당근이 심어진 곳까지 닿지 않았을 거야. 그래서 아무도 내 목소리를 기억하지 못할걸? 나만 다른 방향으로 노래했으니까"

그렇게 울타리 바깥으로 매달린 두 오이는 서로 밤새 대화했습니다. 먼저 울타리 바깥으로 매달렸던 오이 게게는 자신처럼 바깥으로 매달린 동동을 알게 되어 즐거웠습니다. 들의 잡초도, 사과나무도 그 어떤 존재도 자신의 상황을 이해해 주지 못했기 때문에 동동은 게게에게 특별한 존재가 되었습니다.

또다시 아침이 밝아 왔습니다. 그런데 오늘은 새벽부터 가을비가 쏟아지기 시작했습니다. 마치 태양의 뜨겁고 화려한 춤이 끝나고 공연의 끝을 알리듯 잔잔한 가을비가 농부의 밭 위에 내렸습니다. 그러자 멀리서 농부가 울타리로 헐레벌떡 뛰어오기 시작했습니다. 아마도 가을비가 이르게 내려서 오이들을 일찍 수확하려는 모양입니다.

농부는 급하게 일꾼들을 불러 모아서 울타리에 주렁주렁 열려 있는 오이들을 광주리에 담기 시작했습니다. 오이들은 갑작스러운 수확에 놀랐지만 이제 곧 당근들을 만날 수 있다는 생각에 설레는 마음으로 자신의 차례가 오기만을 기다렸습니다. 하지만 바깥으로 매달려 있던 두 오이는 갑작스러운 수확이 반갑지가 않습니다.

"어쩌지? 농부가 벌써 우리를 따서 창고에 들이려나봐"

"그러게! 나는 너와 헤어지기 싫어!"

"나도 마찬가지야!"

두 오이는 서로를 지긋이 쳐다보았습니다. 바깥으로 매달린 게게와 동동은 밤 사이 서로에게 마음을 내어 준 것이었습니다. 하지만 저 멀리서부터 농부들은 이미 두 오이에게 다가오고 있었습니다. 그러자 게게가 옆에 있는 동동에게 노래를 부르기 시작했습니다.

"오~ 나는 그대를, 그대는 나와 마주치며 웃고 있는 날이 언제 또다시 올까요~ 하늘에 달이 여러 번 떴고, 이제는 태양의 춤이 점점 빨라진다오. 그대의 초록빛 아름다운 얼굴을 또다시 마주하고 싶네~ 오~ 멋있는 그대를 내가, 그대를 기다리는 나는"

게게는 당근에게 불러 줄 노래를 동동에게 불러 주었습니다. 그러자 동동은 조금 당황했지만 급박한 상황 가운데 빠르게 뛰는 동동의 가슴은 게게를 향한 마음이 진심이라 생각되었습니다. 그래서 동동 또한 마찬가지로 게게에게 똑같이 노래를 불러 주며 마음을 주었습니다.

"오~ 나는 그대를, 그대는 나와 마주치며 웃고 있는 날이 언제 또다시 올까요~ 하늘에 달이 여러 번 떴고, 이제는 태양의 춤이 점점 빨라진다오. 그대의 초록빛 아름다운 얼굴을 또다시 마주하고 싶네~ 오~ 멋있는 그대를 내가, 그대를 기다리는 나는"

게게는 동동이 자신에게도 똑같이 노래를 불러주자 이제는 당근이 아닌 동동을 운명의 상대라고 여기기로 결심했습니다.

'내 가슴은 당근이 아닌 나와 같은 오이인 동동을 향해 뛰고 있어! 내 운명의 상대는 동동인 것이 분명해!'

"그대의 초록빛 아름다운 얼굴을 또다시 마주하고 싶네~"

그런데 동동은 그래도 지금 이 상황이 조금 헷갈렸습니다. 당장의 분위기와 상황의 긴박함에 동동의 마음은 조금 찝찝했지만 결국 게게의 마음을 받아들이기로 했습니다.

"동동아! 나는 창고에 들어가면 너에게 불렀던 노래를 부를 거야! 만약 내 노랫소리가 들리면 너도 노래를 불러줘! 내가 네 목소리를 듣고 찾아갈게!"

"알겠어!"

그렇게 농부와 일꾼들은 가을비가 내리는 날 오이들을 모두 광주리에 담아 창고에 들였습니다. 창고는 높은 천장에 네모난 창문이 달려 있었고, 창고 벽면 곳곳에는 농사에 필요한 도구들이 벽에 걸려 있었습니다. 그리고 바닥에는 야자수로 만들어진 매트가 널따랗게 깔려 있었습니다. 농부는 빗물에 살짝살짝 젖은 오이들을 야자수로 만들어진 매트 위에 살며시 쏟아부었습니다. 농부는 혹여나 오이들이 광주리에서 쏟아질 때 상할까 봐 최대한 천천히, 그리고 조심스럽게 광주리에 담긴 오이를 쏟아 내었습니다.

-우르르르르-

쏟아진 오이들을 농부는 바닥에 펴놓았습니다. 혹시 오이끼리 엉켜 있었다면 농부는 엉킨 오이를 가지런히 펴놓았습니다. 그리고 야자수매트 위에 가지런히 놓인 오이들은 가슴이 두근거려 왔습니다.

왜냐하면 이제 곧 매일매일 기다리고 바라던 자신의 운명의 상대를 만나기 때문입니다. 그때 가장자리에 누워있던 길쭉한 오이가 다른 오이들에게 말했습니다.

"우리가 조금 있으면 당근을 보게 될 텐데, 노래를 연습하는 건 어때?"

"좋아. 혹시라도 당근을 만나는 날에 긴장을 하면 멋진 목소리가 나오지 않을 수 있으니까"

"맞아. 나도 찬성"

오이들은 모두 일어나서 자신의 운명의 상대가 될 당근을 기대하며 노래를 불렀습니다. 오이들의 노래는 해가 질 때까지 창고를 가득 매웠습니다. 그런데 어느 순간부터 계속해서 틀린 가사가 들려왔습니다. 처음에는 모두들 설렘과 기대됨으로 노래를 부른 탓에 가사와 음정을 틀려도 알아차리지 못했지만 시간이 지나면서 누군가가 어느 특정한 부분에서 가사를 틀리고 있다는 것을 알아차리기 시작했습니다.

"잠깐 멈춰봐! 누가 후렴 구간에서 계속 틀리고 있어!"

한 오이가 저렇게 말하자 다른 오이들도 같은 생각을 하고 있었는지 가사를 계속 틀리게 부르는 오이를 찾고자 했습니다. 그러자 키 큰 오이가 기발한 생각을 냈습니다.

"나한테 좋은 생각이 있어"

"뭔데?"

"우리가 모두 다 함께 노래하면 누가 틀렸는지 알 수가 없어. 하지만 무리를 나눠서 순서를 정하고 노래한다면 노래 가사를 틀리게 부르는 오이를 확실히 찾을 수 있을 거야"

"좋은 생각이네. 그러면 먼저 창고 문에서부터 빗자루가 있는 곳에 있는 너희가 먼저 노래를 불러봐"

키 큰 오이의 말에 창고 문에서 부터 빗자루가 있는 곳 까지 무리의 오이가 노래하기 시작했습니다.

"오~ 나는 그대를, 그대는 나를 마주치며 웃을 날이 언제 올까요~ 하늘에 달이 여러 번 떴고, 이제는 태양의 춤이 점점 빨라진다오. 어서 그대의 붉게 물든 아름다운 얼굴을 마주하고 싶네~ 오~ 아름다운 그대를 내가, 그대는 기다리는 나를"

창고 문에서부터 빗자루가 있는 곳까지의 오이들은 노래와 가사를 틀리지 않고 똑바로 불렀습니다. 그다음 차례는 빗자루에서 물이 든 항아리가 놓인 구역의 오이들 차례였습니다. 그런데 두 번째 구역의 오이들이 노래를 시작하자 노래가 어긋난 것이 분명하게 들려 왔습니다.

"오~ 나는 그때를, 그대는 나와 마주치며 웃었던 날이 언제 또 ~~타실 때 갈요~ 하늘에 달았고, 여러 번 떴대양의 제춤 태양의 춤이 점점 빨라진다오의 붉대이 물촌록빛 흠 아름다울 얼굴을 나 주마시 마주하고 싶 버운으 그때욀 내가, 대류 다른 기타태를 기달리는 나는"~~

"잠시 멈춰봐! 너희 중에서 가사를 틀리게 부른 오이가 있어"

그러자 방금 노래를 부른 오이들은 서로 본인이 틀리게 부른 것이 아니라고 하며 손사래를 쳤습니다. 도무지 가사를 틀리게 부르는 오이를 찾을 수 없었던 오이들은 하는 수없이 한 명씩 노래하기로 했습니다. 그리고 첫 번째 오이가 노래를 불렀습니다.

"오~ 나는 그대를, 그대는 나를 마주치며 웃을 날이 언제 올까요~ 하늘에 달이 여러 번 떴고, 이제는 태양의 춤이 점점 빨라진다오. 어서 그대의 붉게 물든 아름다운 얼굴을 마주하고 싶네~ 오~ 아름 다운 그대를 내가, 그대는 기다리는 나를"

두 번째 오이도 노래를 불렀습니다.

"오~ 나는 그대를, 그대는 나를 마주치며 웃을 날이 언제 올까요~ 하늘에 달이 여러 번 떴고, 이제는 태양의 춤이 점점 빨라진다오. 어서 그대의 붉게 물든 아름다운 얼굴을 마주하고 싶네~ 오~ 아름 다운 그대를 내가, 그대는 기다리는 나를"

세 번째 오이도 노래를 불렀습니다.

"오~ 나는 그대를, 그대는 나를 마주치며 웃을 날이 언제 올까요~ 하늘에 달이 여러 번 떴고, 이제는 태양의 춤이 점점 빨라진다오. 어서 그대의 붉게 물든 아름다운 얼굴을 마주하고 싶네~ 오~ 아름다운 그대를 내가, 그대는 기다리는 나를"

그렇게 빗자루에서 물이든 항아리가 있는 구역의 오이들은 차례대로 노래를 불렀고, 곧이어 6번째 서 있던 게게의 차례가 되었습니다. 하지만 게게는 자신의 차례가 다가오자 자신이 노래를 틀리게 부른 것을 들킬까 봐 일부러 작은 소리로 노래를 불렀습니다.

"오~ 나는 그대를, 그대는 나와 마주치며 웃고 있는 날이 언제 또다시 올까요~ 하늘에 달이 여러 번 떴고, 이제는 태양의 춤이 점점 빨라진다오. 그대의 초록빛 아름다운 얼굴을 또다시 마주하고 싶네~ 오~ 멋있는 그대를 내가, 그대를 기다리는 나는"

게게가 노래하자 오이들은 고개를 갸우뚱 했습니다. 왜냐하면 분명 노래는 비슷한데, 노래 가사가 잘 들리지 않을 정도로 작게 불러서 가사가 맞는건지, 틀린건지 알 수 없었기 때문입니다.

"노랫소리가 너무 작아. 크게 다시 불러 볼래?"

길쭉한 오이가 노래를 크게 불러 보라고 그러자 게게는 자신이 가사를 틀리게 부른 것을 들킬까봐 당황했습니다. 하지만 동동과 한 약속을 떠올리며 노래를 다시 크게 불렀습니다.

"오~ 나는 그대를, 그대는 나와 마주치며 웃고 있는 날이 언제 또 다시 올까요~ 하늘에 달이 여러 번 떴고, 이제는 태양의 춤이 점점 빨라진다오. 그대의 초록빛 아름다운 얼굴을 또다시 마주하고 싶네~ 오~ 멋있는 그대를 내가, 그대를 기다리는 나는"

모든 오이들은 게게의 노래를 듣고 깜짝 놀랐습니다. 왜냐하면 게 게의 노래는 운명의 상대를 당근이 아닌 자신과 같은 오이를 향한 노래였기 때문입니다.

"지금까지 노래 가사를 틀린게 너였구나!"

"틀렸다니? 나는 그렇게 생각하지 않아"

창고 안은 오이들이 수군거리는 소리로 가득 찼습니다. 하지만 게 게는 자신의 뜻을 굽힐 생각이 없었고, 오히려 다른 오이들을 가르 치기 시작했습니다.

"너희는 잘못 알아도 한참 잘못 알고 있어. 내가 노래한 가사는 틀린 부분이 하나도 없는걸! 나는 내가 느끼고, 깨달은 것으로 노래한 것뿐이야"

게게는 동동에게 불러 주었던, 그리고 동동이 자신에게 똑같이 불러 주었던 노래의 가사가 결코 틀렸다고 생각하지 않았습니다. 그렇게 게게가 계속해서 자신이 부른 노래의 가사도 옳다고 말하자 길쭉한 오이가 게게에게 말했습니다.

"우리는 당근에게 노래 해야 해. 왜냐하면 우리는 당근과 멋진 상자로 함께 들어가는 운명이니까! 상자의 규칙을 잊었어?"

"왜 상자에 들어가는 상대가 꼭 당근이어야만 해? 양파가 될 수도 있고 가지가 될 수도 있고, 또 생각해 보면 나와 같은 오이가 될 수도 있잖아?"

"그건 농부가 정한 상자의 규칙 때문이지"

"농부가 정했다고 그렇게 살아야해? 나는 그렇게 살고싶지 않아. 이 말도 안되는 규칙을 내가 바꿔야겠어"

"잘못된 것을 당연시 여긴다면 분명 바꾸어야지! 근데 잘못되지 않은 것을 바꾸려 하는 건 옳지 않아. 마치 태양을 달이라고 우기는 것과 마찬가지야"

"그래도 나는 틀리지 않았어!"

그때 잠잠히 있던 동동이 게게에게 데굴데굴 굴러왔습니다.

"왜 이제야 나타난거야?! 나 혼자서 얼마나 외로웠는데!"

동동이 나타나자 다른 오이들의 눈이 휘둥그레졌고, 여러 오이들은 게게와 동동이 서로 어떤 사이인지 묻기 시작했습니다.

"혹시 얘가 노래하던 가사의 주인공이 너니?"

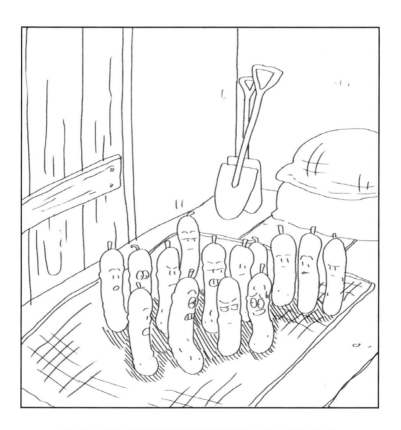

"잠시 멈춰봐! 우리중에서 가사를 틀리게 부른 오이가 있어"

"너도 설마 너와 같은 오이에게 노래 한거야?"

길쭉한 오이, 키가 작은 오이, 무늬가 옅은 오이, 가시가 난 오이 등 등 여러 오이들은 사실이 아니길 바라며 게게와 동동을 추궁하기 시작했습니다. 그러자 게게는 많은 오이들의 질문에 하나하나 답했습니다.

"먼저 우리 둘은 서로에 대한 마음을 확인했어. 그리고 멋진 상자에 함께 들어가기로 약속했지. 그러니까 더 이상 우리를 이상하게 보지 말아 줄래? 너희가 당근에게 사랑 고백을 하는 것처럼 우리도 서로에게 노래하며 사랑 고백을 한 것과 마찬가지야. 그러니까 농부가 정했다니, 뭐니 하는 이상한 말은 더 이상 하지 말아 줘. 그치 동동?"

게게는 동동의 입장을 자신의 입장 인냥 말했습니다. 하지만 게게 옆에 가만히 서있던 동동은 여전히 고민이 많아 보였습니다.

"혹시 너는 너가 오이라고 생각 하는거야? 아니면 당근이라고 생각 하는거야?"

허리가 휜 오이는 장황하게 자신을 변명하는 게게의 말을 잠시 끊으며 말했습니다. 그런데 허리가 휜 오이의 질문에 게게는 굉장히 당황했습니다. 왜냐하면 자신은 분명 몸이 길쭉하고 초록 빛깔이 맴도는 오이였기 때문입니다.

"잘못되지 않은 것을 바꾸려 하는 건 옳지 않아.
마치 태양을 달이라고 우기는 것과 마찬가지야"

"태양과 달은 우리가 지어준 이름이잖아? 그리고 태양이 뜨는 시간을 낮으로, 달이 뜨는 시간을 밤으로 했는데, 이건 철저히 우리들의 입장이지, 태양과 달의 입장은 들어보지도 않은 채 우리끼리 결정한 부분이야. 만약 태양이 자신은 달이라고 생각하고, 달 또한 자신이 태양이라고 생각한다면? 또한 태양은 자신의 시간이 밤이라고 생각할 수도 있고, 달은 자신의 시간이 낮이라고도 생각한다면?"

게게는 허리가 흰 오이의 질문에 대한 답변 대신 헷갈리는 질문으로 그 답변을 대신했습니다.

"그래서 뭘 말하고 싶은데?"

"내 말은 이거야. 생각하기 나름이다! 이 말인즉슨 내가 스스로 당근이라고 생각하면 당근이 되는 것이지"

"뭐라고? 그게 말이 된다고 생각해?"

"말이 안 될 건 없지"

"애초에 태양과 달은 생긴 것도, 역할도 완전히 다른 존재인데, 어떻게 달이 스스로 태양이라고 생각하기만 하면 태양이 될 수가 있어? 말이 안되잖아"

"너는 지금 내 말의 뜻을 알아듣지 못했어. 내 생각의 핵심은 내가 스스로 당근이라고 생각한다면 당근이 될 수 있다는 거야. 그리고 이건 내 자유이고"

"자유는 그런 곳에 쓰는 게 아니야"

"영역을 정해 놓고 사용하는 게 자유니? 애초에 정해져 있다면 그곳에는 자유로움이 없어"

"그런데 너가 당근이라면 당근처럼 주황 빛을 내는 몸을 가지고 있어야지. 안그래?"

"너 이거 차별이야. 정말 못됐구나"

이때 이후로는 대부분의 오이들이 게게와 동동에게서 등을 돌렸습니다. 그리고 게게는 이 모든 불화의 원인이 농부가 정한 상자 규칙에 있다고 생각했고 농부가 정한 상자의 규칙 때문에 모두가 자신을 차별한다고 생각했습니다. 하지만 게게가 아무리 억지를 쓰고 소리를 질러도 상자에는 오이와 당근 한 쌍씩만 들어갈 수 있었습니다. 이것은 변할 수 없는 규칙입니다. 그래서 게게는 상자의 규칙을 바꿔보려 했지만 어떤 방법도 떠오르지 않았습니다. 그때 구석 천장에서 게게와 동동을 지켜보던 쥐 한 마리가 다가왔습니다.

"너네 되게 흥미로운 이야기를 하고 있구나?"

"너는 뭐야? 정말 못생겼잖아!"

"내 이름은 빌데야. 뭐, 못생겼지. 하지만 내가 너의 소원을 이루어 줄 수 있을 것 같은데"

"장난칠 기분 아니니까 저리 가"

게게는 몸에 자란 가시를 날카롭게 세우며 빌데를 위협했습니다. 하지만 빌데는 겁먹기는커녕 옅은 미소를 지으며 두 오이에게 더욱 가까이 다가왔습니다.

"에이. 그러지말고 내 얘기를 한 번 들어보는건 어때?"

"어떤 헛소리를 하려고?"

"사실 나는 너 말고도 다른 채소들과 이런저런 거래를 하면서 지내왔어. 특히! 자신이 높은 등급으로 매겨지기 원하는 채소들은 하나같이 이 빌데님을 찾아왔지. 그러면 나는 그들의 외모를 더욱 아름답게 꾸며주곤 했어"

"정말? 무슨 수로?"

"킥킥… 그건 비밀이야"

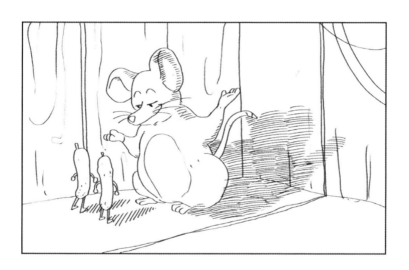

"에이. 그러지말고 내 얘기를 한 번 들어보는건 어때?"

"그게 뭐야? 그럼 내가 어떻게 해야 하는데?

그렇게 게게는 빌데의 제안에 조금씩 흥미를 가지기 시작했고 빌데는 게게가 자신의 제안에 관심 있어 하는 것을 알아차렸습니다. 그래서 빌데는 킥킥 웃으며 옆으로 삐죽삐죽 튀어나온 수염을 쓰다듬으면서 말했습니다.

"나랑 약속 하나만 하면 돼"

"무슨 약속?"

"이 빌데님이 너를 당근으로 만들어주었는데도 불구하고 네가 상자에 들어가지 못하거나 다시 나오게 되면 나의 먹이가 되는 거지!"

"먹이?"

"그래 먹이. 이제 곧 가을이 지나면 겨울이 다가온다고! 우리는 겨울을 나기 위해서 꼭 식량을 창고에 저장해야만 해. 그래야 겨울을 날 수가 있거든"

"네가 나를 먹겠다는 말이야!?"

"그렇지. 아니 바로 먹겠다는 건 아니고. 네가 농부의 상자에 들어가지 못하거나 다시 상자 밖으로 나왔을 때!"

게게의 초록빛 얼굴은 잠깐이었지만 창백해졌습니다. 왜냐하면 빌데의 제안은 사실 죽음을 각오하고 결정해야 하는 무서운 제안이었기 때문입니다. 하지만 게게는 동시에 자신이 진짜 당근이 될 수 있다는 생각을 했고, 두려움과 기대감은 게게의 마음속에서 크게 요동쳤습니다.

"이봐! 그냥 저리 가! 우리는 네 얘기에 관심 없어"

"킥킥… 언제든 필요하면 빌데님을 부르라고 키킥!"

게게는 이날 이후 말 수가 아주 줄었습니다. 창가 너머로 따뜻한 햇살이 비쳐 와도, 다른 오이들이 가끔 다가와 주어도 게게는 반쯤 넋이 나간 채로 오직 빌데의 제안에 대한 고민으로 가득 차 있었습니다. 한참 동안 게게 곁에 있던 동동은 문득 꽃으로 피어났을 때가 떠올랐습니다. 아주 옅은 노란색 봉오리가 새벽에 피어나 밤새 봉긋하게 솟아나며 그렇게 어느새 활짝 피어난 자신을. 그리고 당근의 싹을 보며 모두 함께 처음으로 노래했던 봄날의 기억은 동동의 마음에서 아른거렸습니다.

'어디서부터 잘못된 걸까… 정말 게게가 나의 운명의 상대가 맞는 걸까? 지금 나의 결정 때문에 나도 상자에 들어가지 못하게 된다면 어떡하지? 지금이라도 당근을 위해 노래를 해야 하는 걸까? 이제는 모든 것이 다 헷갈려'

게게는 빌데의 제안한 당근이 되는 수술을 받아들일지를 고민했고, 동동은 게게가 자신의 운명의 상대인지를 한동안 고민했습니다. 그렇게 해가 지고 저녁이 되자 농부와 일꾼들은 수확한 당근을 창고에 가지고 들어왔습니다. 농부는 오이와 마찬가지로 야자수 매트 위로 당근을 쏟아부었고, 쏟아 부은 당근을 평평하고 가지런하게 정리했습니다.그러자 야자수 매트 위에 있던 오이들은 사랑의 노래를 부르기 시작했습니다.

"오~ 나는 그대를, 그대는 나를 마주치며 웃을 날이 언제 올까요~ 하늘에 달이 여러 번 떴고, 이제는 태양의 춤이 점점 빨라진다오. 어서 그대의 붉게 물든 아름다운 얼굴을 마주하고 싶네~ 오~ 아름다운 그대를 내가, 그대는 기다리는 나를"

멋진 사랑의 세레나데를 부르던 오이들은 달빛 아래에서 당근들을 마주하자 부르던 노래를 멈출 수밖에 없었습니다. 이제 막 흙에서 뽑혀 나와 몸 이곳저곳에 흙과 작은 돌 알갱이들이 묻어 있었지만 달빛에 감싸져 모습을 드러낸 당근들은 너무나도 아름다웠습니다. 노래의 선율과 마디의 화음이 주는 아름다움보다 겨우내 마주한 운명은 말로 표현할 수가 없었습니다. 잠깐의 적막마저 하나의 멜로디 같았고, 작디 새어 나오는 감탄은 음계의 구성이 되었습니다. 이들의 만남은 마치 계절의 경계에 선 듯 했고, 시간마저 넋을 잃었고 운명의 시작을 관망했습니다.

곧이어 환호와 함성이 적막을 깼고, 오이들의 환영 소리가 창고에 가득 찼습니다.

"아름다운 당신을 드디어 만나게 되네요! 지금껏 더디 흐른 시간이 야속하기만 했지요!"

"감도는 주황 빛이 마치 태양과 같아요! 그래서 당신에게는 햇살과도 같은 빛이 감도는군요!

"너무 아름다워. 그래서 운명이라고 하지! 그래 당신 말이야! 맞아, 나와 지금 마주한 너 말이야!"

"당신의 존재가 신이 살아 있음을 깨닫게 한다오! 이리 오시오! 아니 내가 가겠소!"

"꽃이 땅에서만 피지 않고 마음에서도 피는구나! 이 곳에서 조차!"

오이들이 당근들에게 향해 달려오자 당근들도 달려오는 오이들을 환영하며 오이들의 사랑 고백에 화답했습니다.

"당신의 노래가 날 더 무르익게 했지요. 어서 와요 그대!"

"내 눈은 흙 속에서 항상 감겨 있었지만, 처음 마주하는 것이 당신이길 항상 기도했어요!"

"당신인가요? 항상 낮은 화음의 선율로 내게 말을 건 것이 당신인 가요?"

"당신이 노래하면 나는 당신에게 달려가 꽃이 되어 피어났으면 했 어요!"

"나는 당신으로 인해! 당신은 나로 인해!"

오이들과 당근들은 오늘 서로 처음 마주했지만 서로가 자신의 운 명임을 알았습니다. 저녁이 지나 새벽이 다녀갈 때도 오이와 당근 들은 서로 하고 싶었던 이야기와 그동안 있었던 일을 서로에게 말 해주었습니다. 그동안 울타리에 매달려 불렀던 노래를 다시 불러 주기도 했고, 이파리만 무성히 올라와 있었던 당근들을 보며 고대 하고 기다렸던 마음을 전해주었습니다. 마찬가지로 당근도 오이에 게 땅속에서 들려온 노래와 가사가 얼마나 감동이 되었고 힘이 되 었는지 말해주었습니다.

하지만 게게와 동동은 야자수 매트 끝자락에서 오이들과 당근들의 화기애애한 모습을 지켜보고만 있었습니다. 동동은 지금이라도 다 시 돌아갈까 생각했지만 이제 자신이 없었습니다. 게게도 막상 오 이들과 당근들이 서로 만나 행복해하는 모습을 보니 부러운 마음 이 생겼습니다. 하지만 게게는 빌데의 제안을 떠올리며 오이들과 당근들의 행복한 모습으로부터 등을 돌렸습니다. 그러고는 동동에 게 마음을 더욱 확인받고자 했습니다.

"아름다운 당신을 드디어 만나게 되네요!"

"우리도 분명 함께 상자에 들어갈 수 있을 거야"

"그랬으면 좋겠다"

"너도 나를 운명이라고 생각하지?"

"글쎄… 잘 모르겠어. 운명이 뭔지 잘 모르겠어"

"운명은 마음이 통한다는 거야"

"그런가?"

"당연하지! 저기 쟤네들은 지금 연기하고 있는 거야. 분명 서로 마음이 맞지 않는다면서 금방 불평하기 시작할걸?"

동동은 이제 게게가 점점 멀게만 느껴졌습니다. 과거 서로에게 노래했던 날이 후회되었습니다. 하지만 게게의 말처럼 과거에 분명 마음이 통했으니 게게가 틀림없는 자신의 운명의 상대라 생각하며 생각을 그쳤습니다. 그때 빌데가 두 오이에게 나타났습니다.

"킥킥, 당근들이 창고로 들어왔네?"

"약 올리러 왔어!?"

"내가 왜 너희들을 약 올리겠어. 도움을 주러 온 것뿐이야. 킥킥"

"네 도움 따윈 필요 없으니까 저리 가"

두 오이는 빌데를 향해 날카로운 가시를 내세웠습니다. 하지만 빌데는 역시나 아랑곳하지 않고 두 오이 근처로 다가갔습니다.

"그런데 정말 내가 도와줄 수 있어서 그렇다니까? 너희는 상자에 들어가기 싫은 거야?"

게게는 빌데의 말에 뾰족하게 세웠던 가시를 조금씩 내렸습니다. 그러자 빌데는 킥킥 웃으며 두 오이에게 소나무에서 나오는 송진을 보여주었습니다.

"이게 뭐야? 윽, 찐득하잖아?"

"이건 송진이라는 거야. 너를 당근으로 만들어줄 수 있는 핵심 재료이지!"

"이미 나는 내가 당근이라고 생각하고 있다니까?"

"정말 네가 당근이라고 생각해? 아니, 그렇다고 치자. 그래도 상자에 들어가려면 반드시 당근의 모습을 하고 있어야만 해. 그렇지 않으면 상자에 들어가기는커녕, 상자 구경도 못해 볼걸?"

게게는 빌데의 말에 아무 대답도 할 수가 없었습니다. 왜냐하면 게게는 결국 자신의 말이 억지라는 것을 알고 있었기 때문입니다. 변하지 않는 사실에 속상해진 게게의 마음은 두 눈동자와 함께 흔들렸고 빌데는 이 순간을 놓치지 않았습니다.

"이봐, 너희와 같은 상황에 놓인 당근이 한 쌍 존재해. 정말 모든 것이 준비되어 있는 것처럼 말이야! 하지만 더 이상의 시간은 없어. 새벽이 아침을 흔들어 깨워서 해가 뜨면 기회가 사라지고 말아!"

"왜?"

"당연히 농부가 아침 일찍 상자에 넣을 오이와 당근을 가지러 오니까 그렇지!"

빌데의 말에 게게는 마음이 급해졌습니다. 더 이상 망설이면 빌데가 준 마지막 기회 조차 사라질 것 같았기 때문입니다. 그래서 게게는 더 이상 고민하지 않고 빌데에게 부탁했습니다.

"날 당근으로 만들어줘"

"정말이야?! 잘 생각했어. 여기서 잠시만 기다리고 있어 봐!"

빌데는 어느 구석으로 쏜살같이 달려갔습니다. 빌데가 잠시 자리를 비우자 동동은 게게의 갑작스러운 결정에 당황스러움을 표현했습니다.

"너 정말 그렇게 해도 괜찮겠어?"

"어쩔 수 없잖아"

"그래도 조금만 더 생각을…"

"그냥 나를 지지해 주고 응원해 주면 안 돼? 지금 굉장히 심란하거든?"

이제 게게가 빌데에게 수술을 받으면 정말 돌이킬 수가 없습니다. 그래서 동동은 혹시나 다시 게게가 빌데의 수술을 거절했으면 하는 마음으로 게게를 떠보았습니다.

"게게야. 나 때문이라면 그러지 않아도 돼"

"너 때문이라니?"

"나 때문에 당근이 되겠다고 한 거 아니야?"

"무슨 소리야? 그런 이유도 있지만 나는 내가 여전히 당근이라고 생각해. 그래서 당근이 되겠다는 거야! 그리고 당근이 되어서 너와 상자에 들어가고 싶은 거지!"

그때 빌데가 게게와 동동에게 왔습니다. 빌데 뒤로는 좀 전에 빌데가 말한 두 당근이 함께 따라왔습니다.

"많이 기다렸지? 자 인사해. 여기는 너희들처럼 농부의 상자 규칙을 반대하는 당근들이야. 또한 마찬가지로 오이 대신 자신과 같은 당근을 선택한 용기 있는 친구들이지!"

게게와 동동, 그리고 두 당근은 멋쩍은 표정을 지으며 어색하게 인사했습니다.

"반가워. 나는 레레야"

"나는 비비…"

빌데 앞에 모인 게게와 동동, 레레와 비비는 어색한 것도 잠시 농부에 대한 불평과 원망으로 마음이 하나 되어 가기 시작했습니다. 그런데 그러거나 말거나 빌데는 자신의 계획대로 흘러가는 지금 이 상황이 만족스러워 웃음을 멈출 수가 없었습니다.

"빌데! 그만 웃고. 그래서 어떻게 하면 되는데?"

"아 참 내 정신 좀 봐. 잠시만, 내가 송진을 어디다가 뒀더라… 그렇지! 여기 있었네. 자, 둘 다 이리로 와봐"

빌데는 게게와 동동, 레레와 비비를 지푸라기가 가득 쌓여있는 곳으로 데리고 갔습니다. 그리고 지푸라기를 살짝 위로 들어 올리고는 그 사이로 쏙 들어갔습니다. 그런데 두 당근이 빌데가 들어간 지푸라기 더미로 들어가기를 주저했습니다. 그러자 빌데는 자신이 들어갔던 지푸라기 속에서 다시 나와 들어오라며 손짓했습니다. 그렇게 게게와 동동, 레레와 비비는 빌데와 함께 지푸라기 속으로 들어갔습니다. 지푸라기 안은 작은 굴처럼 만들어져 있었는데, 이렇게 난 길을 통해 빌데가 왔다 갔다 했던 것이었습니다. 그리고 얼마 안 가 빌데의 아지트에 도착하게 되었습니다.

"짜잔~ 여기는 농부의 눈을 피해 만들어 놓은 나만의 공간! 내 아지트야"

크지도, 작지도 않은 빌데의 아지트는 잔뜩 어질러져 있었고, 사방에 채소 조각들이 먼지 사이에 섞여 나뒹굴고 있었습니다. 게게와 동동, 레레와 비비는 기분이 찝찝했지만 빌데가 의자를 요란하게 가지고 오는 바람에 찝찝한 기분마저 깜빡하게 되었습니다.

"자! 그럼 곧 해가 뜨니까 바로 시작해 볼까?"

"벌써? 너무 서두르는 거 아니야?"

"무슨 소리! 해가 뜨면 모든 것이 물거품이 된다고! 너희들은 상자에 들어가고 싶지 않은가 봐?"

게게와 동동, 레레와 비비는 서로를 번갈아 보며 빌데의 말에 고개만 좌, 우로 저었습니다.

"그럼 오이 너네 둘 중에서는 누가 당근이 될 거지? 아, 당근 너희도 마찬가지야. 누가 오이가 될 건지 얼른 정해줘! 킥킥!"

빌데의 말에 게게는 고개를 돌려 동동을 잠시 바라 보았습니다. 그리고 빌데에게 손을 들며 말했습니다.

"내가 당근이 될 거야. 얘는 오이로 남고"

"그래! 좋아. 그러면 너는 저기 뒤에 있는 침대에 누워 볼래?"

게게는 빌데가 말한 침대로 갔습니다. 침대는 벽돌에 천 쪼가리를 덮어 놓은 조악한 침대였습니다. 그리고 정돈이 하나도 되어 있지 않았고, 불쾌한 냄새도 났습니다. 그래도 게게는 당근이 될 수 있다는 생각에 꾹 참고 더러운 침대 위에 몸을 뉘었습니다.

"자! 그럼 너도 저기 오이 옆에 있는 침대로 가서 누워 있어! 나는 수술에 필요한 재료를 더 가지고 올 테니까! 킥킥"

빌데는 오이가 되고자 하는 당근인 레레도 수술 침대로 불렀습니다. 레레가 더러운 침대를 보며 불쾌한 표정을 숨기지 못하고 있자 먼저 누워 있던 게게가 레레에게 말했습니다.

"좀 많이 더럽지?"

"그러게… 괜찮겠지?"

"뭐, 어쩔 수 없잖아"

"얼른 끝났으면 좋겠어"

게게와 레레는 빌데의 수술 침대에 누워 수술실 천장을 가만히 바라보았습니다. 그런데 게게의 눈에 눈물이 맺히더니 뺨을 타고 흘렀습니다. 그리고 레레도 마찬가지로 눈물을 흘렸습니다.

"왜 눈물이 날까?"

"무서워서 그런 게 아닐까? 되게 아플 것 같은데"

"그치? 아플 것 같아서 눈물이 나는 거겠지?"

그때 빌데가 수술에 필요한 도구들을 주섬주섬 들고는 게게와 레레가 누운 침대 옆에 섰습니다. 빌데의 오른손에는 큰 톱과 깨끗하지 못한 천이 들려 있었고 왼손에는 개미 턱 여러 개가 들려 있었습니다. 그리고 수술 도구를 기울어진 탁자 위에다 내려놓고는 수술 내용을 설명했습니다.

빌데의 수술 내용은 이러했습니다. 당근이 되고자 하는 게게와 오이가 되고자 하는 레레의 몸 아랫부분을 잘라서 그 아랫부분을 서로 바꿔 송진으로 붙히는 것이었습니다. 설명을 마친 빌데는 먼저 큰 톱으로 게게의 몸 아랫부분을 잘랐습니다. 게게는 너무 고통스러워 정신을 잃었습니다. 빌데는 마찬가지로 레레의 몸 아랫부분을 잘랐습니다. 그리고 레레 또한 정신을 잃었습니다. 그렇게 빌데의 수술은 끝이 났고, 빌데는 정신을 잃어 쓰러져 있던 게게와 레레를 서둘러 깨웠습니다

"이봐 오이! 아니, 이제 당근인가? 정신이 좀 들어?"

"으으… 어떻게 됐어?"

"당연히 성공적으로 잘 끝났지!"

몸 아랫부분을 서로 바꾼 게게와 레레는 수술이 끝난 자신의 몸을 살폈습니다. 서로 몸을 바꾼 게게와 레레의 몸에는 더러운 천이 칭칭 감겨 있었고, 그 속에는 찐득한 송진이 잔뜩 발라져 있었습니다. 게게와 레레가 당장 몸을 일으키려 하자 빌데는 서둘러 둘을 말렸습니다.

"잠깐! 움직이지 마! 겨우 붙여 놓은 몸이 다시 두 동강 난다 말이야! 억지로 붙여 놓은 상태라서 송진이 마를 때까지는 잠시 누워 있어야 해"

게게와 레레는 몸이 잘 움직여지지 않았고 수술 부위가 너무 아파서 말도 제대로 나오지 않았습니다. 곧이어 밖에서 기다리던 동동과 비비가 수술받은 게게와 레레가 있는 수술 방으로 들어왔습니다.

"몸은 좀 어때?"

"너무 아파서 아무것도 할 수가 없어"

"후회되지는 않아?"

"이제 와서 후회하면 뭐해. 이제는 되돌릴 수가 없어"

"이봐 오이! 아니, 이제 당근인가? 정신이 좀 들어?"

그때 빌데가 수술실로 헐레벌떡 뛰어왔습니다.

"얘들아! 해가 뜨기 시작했어!"

"해가 뜨기 시작했다고? 우리는 어떡해? 지금 겨우 걸을 정도야"

"일단은 야자수 매트까지 가자. 거기서 송진이 완전히 마를 때까지
누워 있는 거야"

두 오이와 두 당근은 빌데와 함께 지푸라기 더미 속 길을 지나 밖으
로 다시 나왔습니다. 그리고 빌데는 지푸라기 더미에서 나온 두 오
이와 두 당근을 붙잡고 말했습니다.

"이봐, 나와 약속한 건 잊지 않은 거지? 너희가 상자에 들어가지 못
하면 너희는 내 먹이가 되는 거야"

"흥! 그럴 일은 없을 거니까 걱정하지 마. 우리는 분명 상자에 들어
갈 수 있으니까!"

"킥킥… 네 생각대로 되는지 한 번 보자고"

빌데는 두 오이와 두 당근을 야자수 매트가 있는 곳까지 데려다준
뒤 지푸라기 더미 속으로 쏜살같이 들어갔습니다. 그때 농부와 일
꾼 두어 명이 문을 열고 창고 안으로 들어왔습니다. 농부는 일꾼들
에게 오이와 당근을 모두 바깥으로 옮기도록 했고 일꾼들은 야자수

매트 모서리를 잡아 올려 오이와 당근들을 창고 밖으로 가지고 나 갔습니다. 일꾼들이 야자수 매트를 잡아서 옮기는 와중에 오이와 당근들은 서로 자리가 섞이고 매트 안에서 굴러다녔습니다.

그렇게 야자수 매트에 싸매어진 오이와 당근들은 창고에서 얼마 떨어지지 않은 평평한 땅 위에 다시 내려 놓아졌습니다. 일꾼들이 야자수 매트를 내려놓자 오이들과 당근들은 잠시 헤어진 자신의 짝을 찾으려 했습니다. 개중에 서로 몸을 바꾼 오이와 당근도 있었 는데, 게게와 동동은 창고 밖으로 옮겨지던 와중에 멀리 떨어지게 되었습니다.

"동동아! 어디 있어!? 어디로 간 거야? 내 말 들려!?"

게게는 잠깐 사이 옆에서 사라져버린 동동을 찾기 시작했지만 당 근과 오이들이 서로 뒤엉켜 있어서 도무지 찾을 수가 없었습니다.

"이번에도 오이와 당근들이 참 이쁘게 잘 컸네요"

"자네 말처럼 이번 오이와 당근이 참 색깔도 이쁘게 잘 나왔어! 마 을 사람들이 정말 좋아할 것 같네!"

"그럼 이제 상자에 옮겨 담을까요?"

농부와 일꾼들은 오이와 당근을 하나씩 집어 상자에 넣었습니다. 긴 오이는 긴 당근과, 얇은 오이는 얇은 오이와, 흰 오이는 흰 당근과 함께 넣으며 상자 안에서 서로 어울릴 수 있도록 최대한 신경 써서 포장을 했습니다. 그런데 신기하게도 창고에서부터 서로 마음을 확인한 오이와 당근끼리 짝 지어져 상자에 담겨 가고 있었습니다.

"어휴, 이번 농사가 정말 풍년이네요? 작년이랑 똑같이 상자를 준비했는데, 상자가 벌써 모자라요"

"게다가 모든 오이와 당근들이 참 멋지고 아름답게 잘 컸어"

"제가 상자를 더 가지고 올까요?"

"그게 좋겠구먼. 부탁하네"

일꾼들은 상자를 가지러 헛간으로 갔습니다. 농부는 일꾼들이 잠시 자리를 비우자 야자수 매트 위에 앉아 휴식을 취했습니다. 그런데 농부가 앉은 곳 바로 옆에 게게가 다른 오이들에게 몸 아랫부분이 깔린채 고개를 들고 있었습니다.

"농부님!"

"응? 네가 나를 불렀니?"

"네 맞아요. 제가 불렀어요"

“허허, 신기하구나. 그래 무슨 일로 나를 불렀니?”

“새로운 상자가 오면 저와 제 짝을 새로운 상자에 넣어 주세요!”

“그래? 그렇게 해주마. 근데 너의 짝은 어디에 있니?”

“글쎄요… 방금 창고에서 옮겨질 때 사라졌나 봐요. 도무지 찾으려 해도 찾을 수가 없어요”

“그럼 내가 찾아주마. 네 이름이 뭐니?”

“저는 게게라고 하고, 그 친구는 동동이라고 해요”

“알겠다. 내가 찾아주마”

농부는 게게의 부탁을 들어주려 자리에서 일어나 당근들이 잔뜩 뭉쳐져 있는 곳으로 갔습니다. 그리고 당근들에게 먼저 게게라는 오이를 아는지 물었습니다.

“얘들아. 혹시 게게의 짝이 너희중에 있니?”

“게게요? 글쎄요 잘 모르겠네요”

“그래? 대답해 줘서 고맙구나”

농부는 또다시 자리를 옮겨 이번에는 당근들이 오이 사이사이에 섞여 있는 곳으로 갔습니다.

"얘들아. 혹시 먼저 뒤로 게게라는 오이의 짝이 너희 중에 있니?"

"아니요. 저희들은 이미 짝을 다 찾았는걸요"

"그래? 대답해 줘서 고맙구나"

그런데 농부가 다시 다른 곳으로 가려고 하자 한 오이가 농부에게 말했습니다.

"혹시 오이에게 노래하는 오이를 찾으시나요?"

"오이에게 노래하는 오이? 그게 무슨 말이니"

"저희는 항상 당근을 만나면 불러줄 노래를 연습한답니다. 울타리에 매달려 자랄 때부터요! 그리고 우리의 싱그러운 노래를 들은 당근들은 운명의 상대의 목소리를 기억해요. 그렇게 서로 마주하면 우리 오이들은 다시 한번 더 사랑의 세레나데를 불러 주죠. 그런데 방금 말씀하신 게게는 당근이 아닌 자신과 같은 오이에게 사랑 노래를 불렀어요!"

농부는 이 말을 듣고는 깜짝 놀랐습니다. 그리고 곧바로 게게가 있는 곳으로 달려갔습니다.

"농부님! 제 짝을 찾으셨나요?"

"얘야, 나는 네 부탁을 들어줄 수 없을 것 같구나"

"갑자기 왜요?! 저와 약속하셨잖아요!"

"상자에는 반드시 오이와 당근이 한 쌍을 이루어 들어가야만 한단다. 그래서 너의 부탁을 들어줄 수 없어"

"그런 거라면 걱정 마세요. 저는 오이가 아니라 당근이니까요"

"그게 무슨 말이니? 너는 지금 오이의 모습을 하고 있는데?"

농부는 다른 오이들 사이에서 고개만 내밀고 있던 게게를 들어 올렸습니다.

"이게 무슨 일이야! 네 몸이 대체 왜 이런 거야!"

농부는 위쪽은 오이, 아래쪽은 당근의 형태를 하고 있는 게게의 모습을 보고 깜짝 놀랐습니다. 농부는 오이의 허리를 동이고 있던 더러운 헝겊을 천천히 벗겨 냈습니다. 하지만 헝겊은 굳어진 송진 때문에 잘 벗겨지지가 않았습니다.

"너를 이렇게 만든 게 누구야!"

"이건 제 선택이에요. 저는 항상 당근이고 싶었어요!"

"뭐라고? 정말 네가 원한 거니? 너는 오이로 태어났단다. 바꾸고 싶어도 바꿀 수가 없는 것이야"

"저는 제가 당근이라고 생각해요. 그러니까 제 짝과 함께 상자에 넣어 주세요"

"그건 안돼"

"대체 왜죠? 뭐가 문제인데요?"

"너는 당근이 아니라 오이야. 억지로 당근의 몸을 붙여 놓았다고 해서 당근일 수가 없어. 너는… 너는 오이로 태어났단다!"

게게는 농부가 자신을 계속 오이라고 해서 화가 많이 났습니다. 화가 잔뜩 난 게게는 농부에게 씩씩거리며 또다시 물었습니다.

"그것 말고 다른 이유는 없어요?!"

"너희는 선물이야. 마을 사람들에게 줄 선물. 그래서 너희가 자랄 때 상처와 흉터가 없도록 내가 매일매일을 정성껏 돌보았어. 어떤 오이는 너무 빨리 익어서 물러질까 봐 울타리 뒤로 돌려놓기도 했지. 그런데 지금 네 모습을 보렴. 오이와 당근을 끈적한 송진으로 억지로 붙인 네 모습을 말이야. 나는 마을 사람들에게 차마 너를 선물로 내어 놓을 수가 없겠구나"

"그래도 저를 원하는 마을 사람이 있을 거 아니에요!"

"너를 이렇게 만든 게 도대체 누구야!"

"그럼 알겠다. 다만 선택받지 못한다면 너를 내가 아끼는 말들의 먹이로 줄 수밖에 없단다. 나는 네가 그저 땅에서 썩게 내버려 두고 싶지 않아"

"그럴 일은 없을 거니까 걱정하지 마세요. 그러니 제 짝과 함께 상자에 넣어 주세요"

농부는 게게의 흉측한 모습에 가슴이 찢어졌습니다. 그래도 여전히 오이들을 사랑하는 농부는 게게와 동동을 일꾼들이 가져온 상자에 넣어 주었습니다. 그렇게 밤이 되자 농부는 포장된 상자를 바퀴 달린 손수레에 실어서 마을에 내려갔습니다. 그리고 집집마다 찾아 다니며 이쁘게 포장된 상자를 나누어주었습니다.

"여기 있습니다. 오이와 당근이 이번에 너무 아름답게 잘 자랐습니다"

"어머, 매년 이렇게 아름다운 선물을 주셔서 감사해요"

마을 사람들은 선물 받은 오이와 당근이 든 상자를 열어보며 감탄과 탄성으로 감사를 표했습니다. 농부는 마을에 있는 모든 집 문을 두드리며 오이와 당근이 든 선물을 나누어 주었습니다. 그렇게 마을을 돌아다니며 선물을 나눠주던 농부는 마을에서 가장 맛있는 샌드위치를 파는 빵집 앞에 도착 했습니다.

"계세요?"

"농부님이셨군요! 정말 이 순간을 목이 빠지도록 기다리고 있었습니다"

"자, 여기 이번에 수확한 오이와 당근입니다"

"너무 기대가 되는걸요?"

빵집 사장은 농부가 건넨 상자를 농부 앞에서 열어 보았습니다. 그런데 잔뜩 기대에 부풀어 올랐던 빵집 사장의 표정은 점점 굳어지더니 고개를 저으며 선물 받은 상자를 닫아서 다시 농부에게 건넸습니다.

"농부님. 이게 뭐죠??"

"왜 그러시죠?"

"농부님께서 주신 선물 상자 안에 멋진 오이는 있지만 그 옆에는 이상한 무언가가 있네요. 이건 도무지 먹을 수가 없을 것 같습니다"

농부가 빵집 사장에게 건넨 상자 안에는 오이와 당근을 송진으로 억지로 붙인 게게와 동동이 들어 있었습니다. 그러자 농부는 아차 싶었는지, 곧바로 다른 상자를 빵집 사장에게 건넸습니다.

"이건 도무지 먹을 수가 없을 것 같습니다"

"제가 정신이 없었네요. 여기 새로운 상자입니다. 이 상자에 든 채소는 문제가 없을 겁니다"

빵집 사장은 농부가 새롭게 건넨 상자를 받고 상자의 포장을 뜯어 열어 보았습니다. 새롭게 받은 상자에는 멋진 오이와 아름다운 당근이 한 쌍 놓여 있었습니다.

"역시! 정말 아름다워요. 감사합니다. 덕분에 어머니께 신선한 재료로 만든 샌드위치를 만들어 드릴 수 있게 되었네요"

이후에 농부는 마을에 있는 모든 집을 돌아다니며 오이와 당근을 선물했습니다. 그러면서도 중간중간에 게게가 담긴 상자를 마을 사람에게 내밀었지만 그 누구도 게게와 동동이 든 선물 상자를 받지 않으려 했습니다. 그렇게 농부는 마을 구석구석을 돌아다니다 늦은 밤이 되어서야 집에 도착했습니다. 그런데 농부가 끌고 온 수레 위에는 게게와 동동이 든 상자가 덩그러니 놓여 있었습니다.

"아 참, 상자 하나가 남았었지"

농부는 수레를 제자리에 가져다 놓으면서 게게와 동동이 든 상자를 들고는 뚜껑을 열며 말했습니다.

"얘들아. 마을 사람 중에는 너희를 원하는 사람이 한 명도 없었단다. 그래서 너희를 마구간으로 데리고 왔어"

농부의 말에 게게는 울음을 참지 못하고 그 자리에서 엉엉 울었습니다. 그리고 옆에 있던 동동은 큰 실망과 상실감에 빠져 게게에게서 등을 돌렸습니다.

"왜 저들은 오이와 당근이 든 상자만 받나요?! 그리고 당신은 왜 지금까지 오이와 당근을 한 쌍씩 넣어서 선물했었나요!"

"그야, 그것이 가장 아름답기 때문이란다"

"당신은 엉터리야! 나는 자라지 말아야 했고, 자라날 때 땅에 떨어져 썩어버려야 했어!"

게게는 농부를 원망하고 또 원망했습니다. 농부의 가슴은 찢어지게 아팠습니다. 그래도 농부는 자신을 원망하는 게게를 밖에 던져버리지 않고 말이 먹는 꼴과 함께 구유 위에 놓고는 헛간을 정리한 뒤 집으로 갔습니다. 농부가 집으로 돌아가자 말들은 구유 위에 놓인 꼴을 먹기 위해 구유로 다가왔습니다. 말들은 콧바람을 훅, 훅, 불며 구유 위에 놓인 꼴을 한참 동안 먹어댔습니다. 그리고 이내 구유 놓인 오이를 발견했습니다.

"우와! 맛있는 오이다!"

"그러게! 근데, 하나는 모양이 이상한데?"

"그렇네? 오이도 아닌 것이, 당근도 아니고. 몸이 반 반 섞여 있어"

"엣퉤퉤! 이게 뭐야! 떫은 송진이잖아? 이건 먹을 수가 없겠는걸?"

말들은 게게를 콧등으로 툭 툭 치더니 구유 맨 구석으로 밀어냈습니다. 구유 구석으로 내동댕이 쳐진 게게는 누군가와 부딪혔습니다.

"아악!"

"누구야?!"

게게와 부딪힌 존재는 자신과 몸의 일부를 바꾼 당근 레레였습니다. 서로 몸을 바꾼 게게와 레레는 아무 말도 할 수 없어서 서로를 쳐다보았습니다. 그러다 레레가 울음을 터뜨리며 말했습니다.

"나는.. 나는 너와 몸을 바꾼 것을 후회해! 이게 전부 네 탓이야!"

"그게 무슨 말이야? 너랑 함께 있던 다른 당근은 어디 가고?"

"내 짝은 남은 오이와 함께 상자에 들어갔고 나 혼자 창고에 덩그러니 남겨졌어! 그런 나를 농부의 일꾼이 집어서 이곳에 던져 넣었고! 너는 상자에 들어가기라도 했지!? 나는 상자에 들어가지도 못했어! 나는 그저 운명의 상대를 만나고 싶었을 뿐인데, 이젠 돌이킬 수가 없어… 시간을 되돌리고 싶어"

레레는 흐느끼며 울기 시작했습니다. 그때 구유 아래에서 빌데의 웃음소리가 들려왔습니다.

"킥킥! 너희가 그렇게 될 줄 알았지!"

빌데는 순식간에 옆에 있던 나무를 타고 구유 안으로 올라 왔습니다. 그리고 입맛을 다시며 게게와 레레에게 다가갔습니다.

"킥킥! 이번 겨울은 거뜬히 날 수 있겠네!"

"오지 마! 저리 가!"

"내가 왜? 너희는 나와 분명히 약속했어. 상자에 들어가지 못하거나 다시 나오게 되면 먹이가 되기로!"

"그럼 너는 애초에 우리가 상자에 들어갈 수 없다는 것을 알고 있었던 거야?!"

"킥킥! 당연하지! 오이는 오이고, 당근은 당근이야. 몸 아래만 바꾼 다고 해서 농부가 속을 줄 알았니?"

그렇게 빌데는 게게와 레레를 날카로운 송곳니로 물고 지푸라기 속으로 사라졌고, 게게와 레레는 빌데의 먹이가 되었습니다.

"오이는 오이고, 당근은 당근이야.
몸 아래만 바꾼다고 해서 농부가 속을 줄 알았니?"

새벽 이슬 요정

- 9 -

새벽 이슬 요정

지평선 끝자락에서 눈부신 태양의 머리카락이 천천히 보여 옵니다. 숲속에서 깨어난 이슬 요정들은 아직도 졸린지 눈을 비비기도 하고 하품으로 인사를 대신하기도 했습니다.

숲의 요정들은 모두 제각기 다르게 생겼습니다. 커다란 나뭇잎에 맺혀 태어나는 나무 요정들은 그 피부가 블루베리처럼 짙은 보랏빛을 내고, 요정 중에 가장 건강했습니다. 그리고 그 아래 꽃잎에서 태어난 요정들은 밝고 투명하며, 백합처럼 하얗고, 순수한 빛을 내어 요정 중에서 가장 아름답게 생겼습니다. 그리고 마지막으로 풀잎 위에서 태어난 요정들은 잔디처럼 초록빛을 내고 몸집이 작지만 요정 중에서 가장 용감했습니다.

“이슬 껍질을 몸에 두르고 있으렴!
그러면 사뿐한 바람이 너희 근처로 갈 거야”

그렇게 태양이 산 능선에 반쯤 걸치자, 새롭게 피어난 이슬 요정들을 깨우러 바람 정령 파라가 사뿐한 바람을 보내 잠들어 있던 이슬 요정들을 풀과 꽃, 나뭇잎 사이를 지나다니며 깨우도록 했습니다.

"얼른 일어나!"

이슬 요정들은 각자 기지개를 피우면서 졸음을 쫓았고, 요정들 주변으로는 파라가 보낸 바람이 휙휙 날아왔습니다.

"이슬 껍질을 몸에 두르고 있으렴! 그러면 사뿐한 바람이 너희 근처로 갈 거야"

이슬 요정들은 파라가 말한 대로 이슬 껍질을 망토처럼 두르고 땅으로 내려갈 준비를 했습니다. 그러다 요정들은 이슬 껍질에 달린 투명한 구슬을 발견했습니다. 그리고 손바닥에 꽉 차는 투명한 구슬에 코를 가져다 대고 냄새를 맡아 보기도 하고, 혀로 핥아 맛을 보기도 했지만 도무지 무엇인 지 알 수가 없었습니다. 그래서 어떤 꽃잎 요정은 구슬이 궁금해 날아다니는 사뿐한 바람을 불렀습니다.

"이 구슬은 뭐예요?"

"아 참! 다들 이슬 껍질에 투명한 구슬이 달려 있지?"

사뿐한 바람의 말에 이슬 요정들은 이리저리, 빙글빙글 돌며 구슬을 찾기 시작했습니다.

"내 구슬은 어디에 있지?"

"저기 옆에 붙어 있잖아"

그렇게 대부분의 이슬 요정들은 하나둘씩 자신의 이슬 껍질에 달려 있던 투명한 구슬을 발견했습니다. 이슬 껍질에 달려 있던 구슬은 아주 투명하진 않았지만 요정들의 개성이 담긴 고유한 빛깔이 희미하고 은은하게 스며들어 있었습니다.

"자, 모두들 이슬 껍질을 몸에 둘렀지? 구슬을 두 손으로 꼭 쥐고 있어야 한다"

이슬 껍질을 몸에 두른 요정들은 사뿐한 바람의 말대로 자신의 구슬을 양손으로 꼭 쥐었습니다. 그러자 어디선가 바람이 불어오더니 이슬 요정들의 발바닥부터 발목과 종아리, 허벅지와 허리, 그리고 어깨까지 천천히 감싸 안았습니다. 바람이 이슬 요정들을 감싸 안자 이슬 요정들은 둥실 떠올랐고 꽃잎이 땅에 살랑거리며 떨어지듯 흙 위에 살포시 내려앉았습니다. 땅으로 내려온 이슬 요정들은 오늘 처음으로 흙을 밟아 보았습니다. 갈색빛을 띄는, 마치 나무처럼 단단해 보이던 흙은 생각보다 폭신폭신했습니다. 흙에서는 이슬 망토에서 나던 물 내음 조금과 이끼처럼 꿉꿉하지만 깨끗한 냄새가 났습니다.

"아직 이파리 위에서 내려오지 못한 친구가 있니?"

파라가 보낸 사뿐한 바람은 아직 이파리에서 내려오지 못한 요정들이 있는지 확인했습니다. 왜냐하면 피어난 이슬 요정들은 이제 숲이 시작되는 곳으로 떠나야 했기 때문입니다.

"흐아아앙!"

그때 여전히 풀잎 위에서 아둥바둥 대며 내려오지 못한 요정 하나가 사뿐한 바람을 찾다가 결국 울음을 터뜨렸는데, 이 요정은 서럽게 울다가 그만 깊은 날숨을 쉬어버린 탓에 콧구멍에 작은 방울이 맺혔습니다.

"저것봐 코에 방울이 생겼어! 쟤는 울보인가 봐!"

자신만 내려가지 못했다는 것과 다른 요정들이 자신을 놀린 것이 서러웠는지 풀잎에서 내려오지 못한 울보 요정은 더욱 크게 울었습니다. 그러자 사뿐한 바람은 풀잎에서 내려오지 못한 울보 요정에서 급히 날아가 달랬습니다.

"괜찮아. 많이 속상했겠네"

울보 요정은 사뿐한 바람의 품에 안겨 목놓아 울었습니다. 그동안 사뿐한 바람은 자신의 품에서 우는 울보 요정의 이슬 껍질을 꼼꼼하게 입혀 주었습니다.

"그래 좋아. 같이 내려가볼까? 근데 네 구슬은 어디 있니?"

"구슬요…?"

구슬을 챙겼냐는 사뿐한 바람의 질문에 울보 요정은 두 검지를 매만지며 대답을 망설였습니다.

"제 구슬이 보이지 않아요"

"잘 찾아보면 있을 거야"

사뿐한 바람은 울보 요정의 이슬 껍질을 샅샅이 살펴보았지만 이상하게도 혼자 남아있던 풀잎 요정에게서는 구슬을 찾을 수가 없었습니다.

'이상하다? 없을리가 없는데'

사뿐한 바람은 당황스러웠습니다. 그래도 사뿐한 바람은 자신을 바라보며 기다리고 있는 울보 요정에게 잠깐 미소를 보이고는 울보 요정의 구슬을 찾기 시작했습니다. 그때 사뿐한 바람의 손끝으로 무언가가 스쳐 지나갔습니다.

'음?'

사뿐한 바람은 자신의 손을 스쳤던 곳에 다시 손을 가져다 댔습니다. 그런데 분명 아무것도 보이지 않았지만 무언가 손에 잡혔습니다. 그것은 울보 요정의 구슬이었습니다.

'구슬이 너무 투명해서 보이지 않았던 것이었구나'

모든 구슬은 살짝 투명하지만 그래도 은은한 색깔이 담겨 있습니다. 그리고 구슬에 은은하게 담긴 희미한 색깔은 요정이 무르익을 때 요정의 정체성이 됩니다. 하지만 울보 요정의 구슬은 어느 색깔도 담겨 있지 않았습니다. 그래서 만질 수는 있지만 발견할 수 없었던 것이었습니다. 파라는 조금 걱정이 되었습니다. 왜냐하면 요정은 구슬을 통해 숲을 다스릴 수 있는 힘을 가지게 되는데, 구슬이 투명하다 못해 보이지 않을 정도로 투명하면 빛을 담지 못할 수도 있기 때문입니다. 그렇게 빛을 담지 못한 구슬은 색도 선명해질 수 없어서 구슬을 자칫 잘못하면 잃어버리게 됩니다

구슬을 잃어버린 요정은 숲에서 길을 잃습니다. 그렇게 길을 잃은 요정은 점점 빛을 잃다가 자신도 모르는 사이 그림자가 되어 버리게 됩니다.

"애야, 여기 네 구슬이 있어. 잡아볼래?"

"아무것도 없는데요?"

"손을 내밀어보렴. 한 손 말고 두 손으로"

사뿐한 바람은 보이지 않는 투명한 구슬을 울보 요정의 두 손 위에 올려주었습니다. 울보 요정은 분명 보이지 않지만 만져지는 자신의 구슬을 매만졌습니다.

'구슬이 너무 투명해서 보이지 않았던 것이었구나'

"꼭 잃어버리지 않도록 손에 꼭 쥐고 있어야 해"

"잃어버리면 어떻게 되는데요?"

"요정은 구슬일 잃어버리면 빛을 잃고 그림자가 되어버려"

"그림자요?"

"자신의 구슬을 잃어버린 요정들은 빛을 잃어가기 때문에 그렇게 땅에 스며들어 그림자가 되는 거지"

"그런 일이 제게도 있을까요…?"

"구슬을 잃어버리는 일은 잘 없는데, 만약 잃어버리더라도 떠도는 바람들이 구슬을 주워서 가져다주기도 하니까… 그런데 네 구슬은…"

"왜요?"

"아냐 괜찮을 거야. 숲의 입구로 가는 와중에는 대부분 구슬이 무르익기 때문에 네 구슬도 색깔을 가지게 될 거야"

"알았어요"

"자, 그럼 내려가자"

사뿐한 바람은 울보 요정을 마지막으로 모든 이슬 요정들을 풀잎 아래로 내려 놓았고, 다시 바람 정령 파라에게로 돌아갔습니다. 그리고 바람 정령 파라는 모든 이슬 요정들을 불러 모았습니다.

"이제는 사뿐한 바람이 너희들을 숲의 입구로 안내할 거야. 혹시 이동하는 도중 바람길을 벗어나는 행동은 하면 안 돼. 알겠지?"

파라가 말을 마치자 사뿐한 바람은 이내 주변 공기를 휙휙 긁으며 구름을 만들었습니다. 사뿐한 바람이 만든 구름은 마치 흐르는 시냇물처럼 공중 위로 흘러 다녔고 그 끝이 흘러 흘러 숲의 입구까지 닿았습니다.

"이것만 따라가면 돼요?"

"그리 멀지 않으니 걱정하지 말렴, 그저 사뿐한 바람을 따라 모두 함께 바람길을 걸어오면 돼"

"파라는 어디로 가나요?"

"나는 못된 바람이 바람길을 흐트러뜨리지 못하도록 바람이 시작되는 경계로 먼저 갈 거란다"

파라는 이슬 요정들을 깨우러 올 때 함께 날아온 비둘기를 타고 하늘로 날아갔습니다. 파라가 비둘기를 타고 날아가자 이슬 요정들은 파라가 떠난 자리를 잠시 동안 지켜봤습니다.

이슬 요정들은 바람길을 따라 숲의 입구로 걸어가기 시작했습니다.

그때 사뿐한 바람이 이슬 요정들의 뺨을 스쳐 지나갔고, 이슬 요정들은 바람길을 따라 숲의 입구로 걸어가기 시작했습니다. 숲의 입구로 가는 길은 매우 아름다웠습니다. 햇빛을 맘껏 받고 있는 바위는 보기만 해도 따스했고, 보슬보슬한 이끼는 그늘 아래에 한껏 숨어있었습니다. 그리고 숲을 함께 구성하고 있는 여러 야생 동물들은 한 줄로 걸어가는 이슬 요정들을 구경했습니다.

이슬 요정들은 자신의 구슬을 두 손에 꼭 쥔 채 바람길을 사뿐사뿐 걸어가며 울창하지만 아늑한 숲을 여린 눈에 담았습니다. 그렇게 숲의 입구까지 반 정도 남았을 무렵 한참 걸어가던 울보 요정을 누군가가 불렀습니다.

"이봐 울보!"

울보 요정을 부른 건 고사리 잎에서 피어난 요정이었는데, 울보 요정과 같은 풀잎 요정이었습니다. 고사리 요정은 장난기가 많아 보였습니다. 고사리 요정은 작은 키에 곱슬곱슬한 머리, 날렵한 눈매를 가졌습니다.

"나 부른 거야?"

"여기서 울보가 너 말고 또 누가 있겠냐? 근데 왜 울고 있었어?"

"그야… 내가 가장 늦게 이슬 껍질에서 나왔거든"

"에게, 그걸로 울었어?"

"다들 내려가서 흙도 만져 보는데 나만 혼자 풀잎 위에 남아 있었어"

"음… 그러면 나 같아도 울었겠다. 지금은 괜찮아?"

"응 지금은 괜찮아"

모든 요정들은 계속해서 한 줄씩 줄을 맞춰 숲의 입구로 열심히 걸어갔습니다. 그리고 고사리 요정은 울보 요정 뒤를 졸졸 따라다니면서 가까워졌습니다.

"그런데 너는 어떤 풀잎에서 피어났어?"

"기억이 잘 안 나. 너는 어느 풀잎에서 피어났어?"

"나는 곱슬곱슬한 고사리"

"그래서 네 머리카락이 곱슬곱슬한가 봐"

"근데, 너 말고도 다른 요정들도 자기가 피어난 풀잎이 무엇이었는지 기억 못 하는 요정들도 많아"

"정말이야?"

"그렇지 않을까? 눈도 안 뜨고 땅으로 내려왔다든지…"

"에이, 그게 뭐야"

울보 요정은 자신이 피어난 풀잎이 어떤 풀잎이었는지가 기억나지 않아서 시무룩했습니다. 울보 요정이 시무룩해 하자 고사리 요정은 얼른 자신의 구슬을 꺼내어 들었습니다.

"내 구슬 보여줄까?"

고사리 요정은 이슬 껍질 망토 속에 있던 점잖고 은은한 갈색빛을 띄는 구슬을 울보 요정에게 내보였습니다.

"우와!"

"어때? 멋지지?"

"한 번 만져봐도 돼?"

"안돼"

"… 너무해"

"히히 장난이야. 대신 떨어뜨리면 안 된다?"

고사리 요정은 자신의 구슬을 울보 요정에게 조심스럽게 건넸습니다. 울보 요정은 자신의 손 위에 놓인 고사리 요정의 구슬을 빤히 쳐다보았습니다. 고사리 요정의 구슬에서 새어 나오는 은은한 갈색빛은 울보 요정의 마음을 편안하게 했습니다.

"너와는 달리 구슬은 굉장히 차분한 거 같아"

"아니야, 나랑 얼마나 닮았는데!"

울보 요정과 고사리 요정은 금방 친해졌습니다. 피어난 순간부터 숲의 입구로 출발하기 직전까지 울먹거리던 울보 요정은 고사리 요정을 만나 조금씩 조금씩 웃음을 되찾았습니다.

"네 구슬도 보고 싶어"

"내 구슬?"

고사리 요정은 자신의 구슬을 이슬 껍질 망토에 달린 호주머니에 조심스럽게 넣고는 울보 요정에게 다시 물었습니다.

"네 구슬은?"

"여기 내 손 위에 있어"

"아무것도 없는데?"

"아냐 내 손 위로 손을 갖다 대봐"

"나 놀리는 거 아니지?"

"아니야 정말이야"

고사리 요정은 울보 요정이 자신을 놀리는 줄 알았습니다. 그런데 울보 요정의 표정을 보아하니 장난치는 것 같진 않아 보였습니다. 그래서 고사리 요정은 아무것도 없는 울보 요정의 손바닥에 자신의 손을 가져다 댔습니다.

-툭-

고사리 요정의 손가락 끝으로 무언가가 만져졌습니다. 분명 아무것도 보이지 않았지만 단단한 무언가의 촉감을 고사리 요정은 느낄 수 있었습니다. 고사리 요정은 울보 요정의 투명한 구슬이 손에 닿자 너무 신기했고 믿기지가 않았습니다.

"이상하지…?"

"아냐, 아냐, 정말 신기해서 그래"

다시금 토라지려는 울보 요정을 고사리 요정이 애써 달래려 했지만 울보 여정은 이미 자신의 구슬이 다른 요정들이 가진 구슬과 다르다는 것을 알고 있었습니다.

"내 구슬에는 어느 것도 담겨있지 않아"

"진정해. 모든 꽃이 봄에 피어나지만은 않아. 마찬가지로 네 구슬도 언젠가는 너에게 어울리는 색깔을 가지게 될 거야!"

"나도 너처럼… 너처럼…"

결국 울보 요정은 울음을 터뜨렸습니다. 고사리 요정은 아주 당황했습니다. 그리고 울보 요정이 울음을 터뜨리자 울보 요정보다 앞서가던 요정들과 고사리 요정 뒤에서 따라오던 요정들은 모두 가던 길을 멈추고는 고사리 요정을 바라보았습니다.

"아냐! 내가 울린 게 아냐!"

고사리 요정은 하염없이 울고 있는 울보 요정의 울음을 멈추게 하기 위해 서둘러 다가가서 울보 요정을 달래기 시작했습니다.

"그만 좀 울어, 응? 내가 너를 울린 것 같잖아!"

"흐아아아앙!!"

한편 앞서가던 파라는 이제 요정들과 마주해야 할 시간이 지났음에도 이슬 요정들이 보이지 않자 바람길 뒤편으로 급히 날아갔고, 파라가 도착한 곳에는 목 놓아 울고 있는 울보 요정을 중심으로 다른 이슬 요정들과 숲의 동물들이 모여 있었습니다.

"내 구슬에는 어느 것도 담겨있지 않아"

"무슨 일이야?"

파라가 급히 날아오자 고사리 요정은 파라에게 힘껏 손짓하며 불렀습니다.

"제가 울린 건 아니고요. 서로 구슬을 보여주다가 자기 구슬을 저한테 보여주더니, 자기 구슬이 다른 요정들과 다르게 생겼다고 하면서…"

"구슬이 달라?"

"직접 보세요"

파라는 울보 요정을 먼저 빈틈 없이 안아주었습니다. 울보 요정은 파라의 품 안에서 조금씩 조금씩 울음을 그쳐갔습니다. 울보 요정이 울음을 어느 정도 그치자 파라는 울보 요정이 흘린 눈물을 닦아주며 무슨 일이 있었는지 울보 요정에게 물었습니다.

"무슨 일이 있었니?"

훌쩍거리던 울보 요정은 자신의 투명한 구슬을 꺼내어 파라에게 내밀었습니다.

"제 구슬은 왜 이래요…?"

울보 요정이 내민 투명한 구슬은 파라에게도 보이지 않았습니다. 그런데 곁에 있던 사뿐한 바람이 울보 요정이 내민 구슬 주위로 작은 바람을 일으켰고, 이내 투명했던 구슬의 모양이 아주 아주 조금씩 선명해지기 시작했습니다.

"정말 특별한 구슬을 가졌네!"

사뿐한 바람이 일으킨 작은 바람은 울보 요정의 구슬을 아주 섬세하고 조심스럽게 감싸 안았습니다. 여태껏 자신의 구슬의 크기와 모양을 몰랐던 울보 요정은 사뿐한 바람이 일으킨 작은 바람으로 인해 이제야 자신의 구슬을 겨우 가늠할 수 있게 되었습니다. 울보 요정의 구슬은 다른 요정들이 가진 구슬처럼 둥글었고, 크기가 같았습니다. 그렇게 자신의 구슬을 보게 된 울보 요정은 그제야 눈물을 완전히 그칠 수 있었습니다.

"이게 내 구슬이구나…"

"일단 나는 숲의 입구로 다시 가야만 해. 얘야, 내 말이 무슨 뜻인지 알 거라 생각한다?"

파라는 다시 비둘기를 타고 숲의 입구로 날아갔고, 사뿐한 바람도 바람길을 다시 그리기 위해 울보 요정의 구슬에 붙어 있던 바람 조각을 떼어 갔습니다. 바람 조각이 사뿐한 바람에게 돌아가자 울보 요정의 구슬은 다시 보이지 않았습니다.

"너 때문에 내가 얼마나 곤란했는지 알아?"

고사리 요정이 울보 요정에게 다가와서 투덜대며 따지려 했지만 울보 요정이 또 울음을 터뜨릴까 봐 그러지 못했습니다. 그렇게 울보 요정과 고사리 요정, 그리고 모든 이슬 요정들은 다시 숲의 입구를 향해 바람길을 걸으면서 큰 바위를 보기도 했고 오래된 나무뿌리를 지나기도 했습니다. 그리고 아주 깊은 협곡을 따라 건너기도 했고 아주 높은 봉우리를 넘기도 했습니다.

그렇게 이슬 요정들은 숲의 입구에 도착하게 되었습니다. 도착한 이슬 요정들은 이제 선명한 색을 내고 있는 자신의 구슬을 꺼내 보였습니다. 나뭇잎에서 피어난 요정들은 건강하고 강인한 색이, 꽃잎에서 피어난 요정들은 아름답고 화려한 색이, 풀잎에서 피어난 요정들은 싱그럽고 향긋한 색깔이 스며들어 있었습니다. 하지만 울보 요정의 구슬은 여전히 투명했습니다.

그때 숲의 아버지이자 숲의 주인이 파라와 함께 비둘기를 타고 날아왔습니다. 숲의 주인은 두꺼운 눈썹, 이끼 색깔의 피부, 큰 덩치, 긴 머리카락과 많은 수염을 가진 푸근한 모습이었습니다.

"숲의 주인을 뵙습니다"

"너희가 새벽이슬에서 깨어난 아이들이로구나!"

숲의 주인이 나타나자 작은 풀과 돌멩이, 그리고 모든 나무와 바위는 숲의 주인에게 예의를 갖췄습니다. 바람 정령 파라는 멀뚱멀뚱 바라보고 있는 이슬 요정들에게 허겁지겁 날아와서 서둘러 설명했습니다.

"그냥 '숲의 주인을 뵙습니다'라고 말하기만 하면 돼요?"

바람 정령 파라는 고개를 조용히 저으며 '숲의 인사법'을 이슬 요정들에게 선보였습니다. 이슬 요정들은 파라의 모습을 따라 두 손을 모으고 눈을 감고는 숲의 주인에게 인사했습니다.

"숲의 주인을 뵙습니다"

"너희가 새벽이슬에서 깨어난 아이들이로구나!"

숲의 주인은 모든 숲을 품고 있었습니다. 그는 모든 숲의 근원이었고, 숲의 시작이었습니다. 그리고 숲을 구성하는 모든 것이 결국 마지막으로 향하는 곳이기도 했습니다. 그래서 숲의 주인은 모든 요정들에게 아버지와 같은 존재였습니다.

"숲은 너희를 품어주는 곳이기도 하지만 앞으로 너희가 성장하고 커가는 모든 시간을 함께하는 곳이기도 하단다."

숲의 주인은 이슬 요정들에게 가까이 다가가서 이끼 많은 바위 위에 걸터 앉았습니다.

"그래도 다스림이 필요하면 지혜롭게 잘 다스리고, 회복이 필요하면 기꺼이 숲을 회복시키거라"

숲의 주인은 이슬 요정들에게 호탕스러운 웃음을 내보이며 이슬 요정들에게 가까이 오라는 듯 손짓 했습니다. 그러자 이슬 요정들은 쭈뼛거리며 하나둘씩 앞으로 나와 숲의 주인 근처로 다가왔습니다.

"그래 그래, 그렇지, 이리 가까이 오렴"

숲의 주인 곁으로 다가온 이슬 요정들은 숲의 주인이 신기한 지 가까이서 들여다 보기도 하고, 만져 보기도 했습니다. 그때 바람 정령 파라가 숲의 주인에게 다가와 귓속말로 작게 속삭였습니다.

'어르신, 혹시 아이들 구슬에 빛을 심겨주실 수 있으실까요?'

숲의 주인은 파라의 부탁에 고개를 끄덕거리며 이슬 요정들을 더 가까이 불러 모았습니다.

66 *모두 자신의 구슬을 들고 내게 가까이 나아오렴!!* 99

숲의 주인의 부름은 묵직하고 넓은 소리로 퍼져 메아리쳤습니다. 그리고 이슬 요정들은 무르익은 자신의 구슬을 가지고 차례를 지키며 숲의 주인 앞으로 모였습니다. 모든 이슬 요정이 숲의 주인 앞에 서자 숲의 주인은 가슴에 위치한 자신의 심장을 톡톡 건드렸습니다. 그러자 푸른 보석처럼 생긴 숲의 심장에서 작고 빛나는 빛의 씨앗들이 몽글몽글 피어나기 시작했습니다.

숲의 심장에서 피어나온 씨앗들은 숲의 주인의 마음과 인격이 향기처럼 작게 작게 녹아들어 가 있는 귀한 씨앗입니다. 모든 씨앗의 향기는 각각 다른 향기로운 향을 갖고 있었고 작고 빛나는 빛의 씨앗들이 이슬 요정들의 무르익은 구슬에 하나, 둘씩 스며들어갔습니다. 그러자 종려나무에서 피어난 요정의 구슬은 탁하지만 맑은 빛이, 목단 꽃에서 피어난 요정의 구슬은 강렬한 분홍빛이, 강아지풀에서 피어난 요정의 구슬은 산들산들한 빛을 발하기 시작했습니다.

"우와!"

이슬 요정들은 빛나는 자신의 구슬을 보며 입이 떡 벌어졌습니다. 이슬 요정들의 구슬은 익어가면서 온전해집니다. 그리고 숲의 심장에서 피어 나온 빛이 스며들면서 완전한 구슬이 됩니다. 그런데 울보 요정의 상황은 달랐습니다. 울보 요정에게 날아간 빛의 씨앗은 울보 요정의 구슬을 찾지 못하고 근처를 헤매고 있었습니다.

울보 요정은 자신의 투명한 구슬을 날아온 씨앗에 갖다 댔지만 빛의 씨앗은 울보 요정의 투명한 구슬을 발견하지 못했습니다. 그렇게 구슬을 찾아 한참을 헤매던 빛의 씨앗은 결국 숲의 주인에게 날아가더니 숲의 심장에 다시 쏙 들어가 버렸습니다.

'씨앗이 남을 리가 없는데?'

신기한 상황 가운데 숲의 주인은 씨앗이 날아왔던 곳을 바라보았습니다. 그리고 그곳에는 울보 요정이 사라진 빛의 씨앗을 찾으려 애쓰고 있었습니다.

"얘야, 허공에다 대고 뭘 하고 있니?"

숲의 주인이 자신을 부르자 울보 요정은 자신의 투명한 구슬을 급하게 등 뒤로 숨겼습니다.

"아무것도 아녜요"

"구슬에 문제가 있는 거니?"

울보 요정은 숲의 주인이 자신을 불렀지만 투명한 구슬 때문에 숲의 주인에게 나아가는 것을 망설였습니다. 울보 요정이 머뭇거리자 숲의 주인은 자신에게 돌아왔던 빛의 씨앗을 불러내어 무슨 일이 있었는지를 물었습니다. 그러자 빛의 씨앗은 숲의 주인의 귀에 앉아 마치 아기 새가 조잘거리듯 말했습니다.

"당황스러웠겠구나, 다시 돌아오렴"

빛의 씨앗은 다시 푸른 보석처럼 생긴 숲의 심장으로 쏙 들어갔습니다. 그리고 숲의 주인은 그 자리에 털썩 주저앉고는 다시금 울보 요정을 불렀습니다.

"네 구슬을 좀 보여줄 수 있니?"

"…."

"겁먹지 말고 이리로 오렴"

울보 요정은 숲의 주인이 자신의 구슬이 투명한 것을 알게 되면 자신을 우울한 그림자로 만들어 버릴 것이라고 생각했습니다. 그래서 울보 요정은 점점 뒷걸음치다 못해 뒤에 있던 큰 단풍나무 뒤로 달려가 숨어버렸습니다.

"나는 그림자가 되기 싫어요!"

"얘야, 너는 아무 일도 없을 거야. 그리고 너는 그림자가 되지 않아"

그때 하늘에서 정령들이 비둘기를 타고 숲의 주인에게 급히 날아와서는 무언가를 급히 전했고 숲의 주인은 표정이 심각하게 굳어져 갔습니다.

"나도 곧 따라 갈테니, 먼저들 가서 방비를 해놓으시게!"

"네 문제를 반드시 해결해 줄 테니, 잠시만 기다려주렴"

방금 날아온 정령들은 다시 산비둘기를 타고 하늘 높이 날아갔고 숲의 주인은 바람 정령 파라를 불렀습니다.

"파라! 그림자의 울음소리가 신경 쓰여서 내 잠시 골짜기를 다녀와야 하니, 아이들 좀 부탁하겠네"

당장 숨은 골짜기로 가야만 했던 숲의 주인은 바람 정령 파라에게 아이들을 부탁했습니다. 그리고 여전히 토라진 울보 요정에게 속삭이는 말로 말을 걸어왔습니다.

"내가 잠시 다녀올 동안 마음이 진정되었으면 하는구나. 네 문제를 반드시 해결해 줄 테니, 잠시만 기다려주렴"

숲의 주인은 울보 요정에게 속삭이는 말을 흘려보낸 뒤 끝이 휜 지팡이 끝에 하얀 민들레 홀씨를 문질렀습니다. 그러자 민들레 홀씨는 하늘로 날아갔고, 잠시 뒤 큰 날개를 가진 독수리가 날아와 숲의 주인을 등에 태우고는 날아갔습니다. 그리고 파라는 주변에서 하늘을 헤엄치던 떠도는 바람들을 불러 모았습니다.

"바람 울타리를 만들자! 얼른!"

바람 정령 파라는 크게 들숨을, 그리고 얕게 날숨을 빼어 냈습니다. 그러자 얇고 튼튼한 바람 줄이 길게 늘어져 나왔습니다. 그리고 떠돌던 바람들과 함께 바람 줄을 꼬아 울타리를 만들었습니다.

사뿐한 바람과 떠돌이 바람들이 이슬 요정들 중심으로 크게 원을 그리며 바람 울타리를 둘렀습니다. 그리고 사뿐한 바람과 떠돌이 바람들은 파라의 명령에 따라 아이들 근처에서 휙 휙 날아다니며 이슬 요정들을 지킬 바람 울타리가 완성 시켰습니다.

그렇게 시간이 흘러 하늘에 떠있던 태양은 산꼭대기와 마주하기 시작했고 숨어 있던 땅거미는 산능선에서부터 기어 나왔습니다. 한편 고사리 요정은 해가 지기 시작할 무렵 한참 동안 단풍나무 뒤에 숨어있던 울보 요정에게 찾아갔습니다.

"누구야?"

"나야 고사리"

울보 요정은 고사리 요정의 모습을 보고 조금 놀랐습니다. 왜냐하면 고사리 요정은 구슬에 빛이 스며들고 나서 머리칼이 더욱 곱슬해졌고, 몸에는 은은한 갈색빛이 맴돌았기 때문입니다.

"괜찮아?"

울보 요정은 자리를 조금 옆으로 옮겨 고사리 요정에게 자리는 내어 주었습니다.

"너무 속상해하진 마. 얼굴에 수염이 잔뜩 난 할아버지가 분명 해결해 주실 거야"

"······"

고사리 요정은 울보 요정을 달래어 주었지만 울보 요정의 눈가에는 눈물이 여전히 고여 있었습니다.

"고사리야"

"응?"

"너는 그림자가 어떤 존재인지 알아?"

"그림자? 그림자라면… 지금 우리는 단풍나무 그림자 아래에 있지"

"나 잘못하면 그림자가 될 수도 있어"

"네가 왜 그림자가 돼? 그럴 일 없어"

"오늘 내가 깨어났을 때 사뿐한 바람이 말해줬어. 구슬에 색도, 빛도 없으면 구슬을 잃어버리게 되고, 그렇게 네 계절이 지나면 숲에 속한 어느 존재의 그림자가 된다고 했어"

"그럴리라… 만약 그렇게 되면 내 색과 빛을 나눠줄게"

"그게 가능할 리가 없잖아"

까칠하게 반응하는 울보 요정을 고사리 요정은 그저 바라볼 수밖에 없었습니다. 어느 위로도 지금의 울보 요정의 마음을 위로할 수 없었기 때문입니다. 그런데 단풍나무 아래에 숨어 고사리 요정과 울보 요정의 대화를 엿듣고 있던 누군가가 소리쳤습니다.

"울보는 이제 그림자가 된대!!"

고사리 요정은 곧바로 뛰쳐나갔습니다. 알고 보니 오동나무 잎에서 피어난 오동나무 요정이 울보 요정과 고사리 요정의 대화를 엿듣고 있었던 것이었습니다.

"그만해!"

고사리 요정은 오동나무 요정을 말렸지만 오동나무 요정은 개의치 않았고 많은 이슬 요정들은 이때부터 울보 요정을 배척하기 시작했습니다.

"울보는 이제 요정도 아니지! 색도 없어, 빛도 없어"

"그림자가 되는 거면 위험한 거 아냐?"

"숲의 주인이 그림자들은 위험한 존재라고 했잖아. 그럼 우리들도 지금 위험한 거 아니야?"

"그럼 멀리 쫓아내야지!"

"맞아! 쫓아내자! 우리까지 위험해질 수는 없어"

"야! 고시리! 울보 지금 단풍나무 뒤에 있지?! 당장 쫓아내야겠어"

많은 요정들이 울보 요정을 향해 고개를 돌렸습니다. 그리고 오동나무 요정은 하늘을 향해 구슬을 번쩍 들었습니다.

"자! 구슬을 들자! 이번 기회에 우리의 힘을 시험해 보는 거야!"

그러자 많은 이슬 요정들이 제각각의 이유를 가지고 자신의 구슬을 하늘을 향해 번쩍 들었습니다. 대부분의 이슬 요정들은 울보 요정이 그림자가 돼서 자신을 헤칠까 봐 구슬을 들었지만 어떤 이슬 요정들은 빛을 내지 못하는 울보 요정이 못마땅해서 구슬을 들었고, 몇몇 요정들은 힘도 세고 덩치도 큰 오동나무 요정에게 잘 보이기 위해서 구슬을 들었습니다. 왜냐하면 오동나무 요정은 덩치도 크고 힘이 강해서 당장 어른 요정과 숲의 주인이 없는 지금 자신들을 이끌어 줄 대장이라고 생각했기 때문입니다. 그래서 많은 요정들이 오동나무 요정 주위로 모였고, 오동나무 요정은 자신 주위로 모여든 요정들을 보며 한껏 의기양양해졌습니다.

오동나무 요정은 짙은 녹색과 굵은 갈색이 섞인 구슬을 머리 위로 들었습니다. 하지만 아무일도 일어나지 않았습니다. 다른 요정들의 구슬도 마찬가지였습니다. 구슬에는 옅은 빛만 감돌뿐 구슬에서 큰 빛이 피어나지 않았습니다.

"맞아! 쫓아내자! 우리까지 위험해질 수는 없어"

"왜이러지?"

구슬의 힘이 뿜어져 나오지 않자 주변에 있던 요정들은 수군거리기 시작했습니다. 오동나무 요정은 이슬 요정들이 자신을 향해 수군거리자 크게 소리 질렀습니다.

"너희들 뭐 하는 거야? 내가 여기서 힘이 제일 센 거 몰라?!"

오동나무 요정이 크게 소리 지르자 수군거리던 이슬 요정들은 겁에 질려 모두 조용해졌습니다. 그런데 이때 요정들의 구슬에서 빛이 나기 시작했고 구슬의 힘에 의해 이슬 요정들은 각각 개성 넘치는 모습으로 바뀌었습니다. 특히 오동나무 요정은 몸집이 더욱 커다랗게 변하고 힘도 강해졌습니다. 그래서 오동나무 요정은 구슬의 힘을 시험해 보려고 앞에 있던 바위를 번쩍 들었습니다.

'생각보다 무겁지 않잖아? 이런 힘이라면 그림자가 와도 한 번 겨뤄볼만하겠어!'

오동나무 요정이 큰 바위를 들자 주변 요정들은 그런 오동나무 요정이 무서웠지만 감탄을 금치 못했습니다. 오동나무 요정은 자신의 힘을 자랑할 겸 울보 요정이 숨어 있는 단풍나무에 집어 올린 바위를 던졌습니다.

-쿵!!-

"봤지?! 내가 이렇게 힘이 쎄! 그러니까 나한테 까불면 어떻게 될지 생각해 보라고!"

고사리 요정은 큰 바위를 집어던지는 오동나무 요정을 도무지 말릴 수가 없었습니다. 숲의 입구로 가는 동안 키가 조금 크긴 했지만 나무 요정에 비하면 풀잎 요정들은 작고 왜소했습니다.

"숲의 주인이 돌아오시면 어쩌려고 그래…!"

"숲의 주인이 오시면 오히려 나를 칭찬하실걸? 왜냐하면 나는 그림자에게 맞선 용감한 요정이니까!"

"울보는 그림자가 아니야!"

"이제 이쪽으로 와. 지금이라도 오면 나중에 숲의 주인께서 오시면 네가 한 행동은 말하지 않을게"

"무슨 소리야! 울보는 그림자가 아니라니까?"

"그래? 그럼 어쩔 수 없지"

오동나무 요정은 고사리 요정이 앞에 있어도 울보 요정이 숨어있는 단풍나무를 향해 또다시 바위를 던졌습니다. 그러자 다른 요정들도 오동나무 요정처럼 돌을 집어 들었습니다.

"너도 돌 맞을 수도 있어! 다치기 싫으면 나와!"

"대체 왜 저런 녀석을 보호하는 거야? 너도 그림자가 되고 싶어?"

그때 겁먹은 어느 꽃잎 요정이 울먹이며 돌을 먼저 던졌습니다. 그러자 다른 요정들도 꽃잎 요정을 따라서 돌을 던졌습니다. 고사리 요정은 재빨리 단풍나무 뒤로 숨었습니다.

-탁! 타닥! 탁! 탁!

고사리 요정은 눈물이 났습니다. 옳은 일을 한 대가가 너무 컸기 때문이었습니다. 그래도 고사리 요정은 후회하지 않았습니다. 모두가 울보 요정에게서 돌아섰지만 고사리 요정은 울보 요정에게서 돌아설 수가 없었습니다. 왜냐하면 고사리 요정은 울보 요정이 그림자가 아니라는 것을 믿고 있었기 때문입니다.

한편 하늘 아래에서 이슬 요정들이 자기네들끼리 한참 싸우는 동안 하늘 위에서는 바람 정령 파라가 사뿐한 바람과 함께 졸고 있는 떠돌이 바람들을 깨우느라 정신이 없었습니다. 왜냐하면 천성이 게으르고 고집이 센 떠돌이 바람들은 사뿐한 바람이 아무리 따가운 바람을 불며 깨워도 일어나지 않았기 때문입니다.

"이것들이 정말…!"

그때 아래에서 시끄러운 소리가 파라에게 들려왔고, 파라는 이슬 요정들이 단풍나무 뒤에 있는 요정 둘에게 돌을 던지고 있는 모습을 발견했습니다.

그런데 아래에서 시끄러운 소리가 파라에게 들려왔습니다.

파라는 흔들리는 바람 울타리가 걱정되었지만 당장 다투고 있는 요정들을 말리려 사뿐한 바람을 이슬 요정들에게 보냈습니다.

"너희들 지금 뭐하고 있어?!"

사뿐한 바람은 요정들이 단풍나무를 향해 던지는 돌들을 작은 바람을 일으켜서 날려버렸고, 이슬 요정들 앞을 막아섰습니다.

"누가 이런 짓을 한 거야?!"

사뿐한 바람은 이슬 요정들을 꾸짖으며 말했습니다. 그때 오동나무 요정이 사뿐한 바람 앞으로 당당하게 나오며 말했습니다

"사뿐한 바람님! 단풍나무 뒤에 있는 녀석은 이제 곧 그림자가 될 녀석이라고요! 저런 위험한 녀석으로부터 저는 친구들을 보호하고 있었어요!"

그때 사뿐한 바람은 무겁고 넓은 바람을 요정들을 향해 뱉었습니다. 사뿐한 바람이 뱉은 무겁고 넓은 바람은 이슬 요정들을 뒤로 밀려나게 했습니다. 그리고 사뿐한 바람은 날카로운 바람으로 선명한 선을 바닥에 그었습니다.

"제가 다시 돌아올 때까지 그 선을 넘어오지 마세요"

"그래도 저 녀석은 그림자…"

"그만!!"

하지만 오동나무 요정은 당당하게 한 발짝 앞으로 나가 섰습니다. 그리고 자신의 행동이 얼마나 용감했고, 오히려 칭찬받아야 하는 이유를 말하려 했습니다. 그래서 오동나무 요정은 어깨를 펴고, 고개를 치켜들며 사뿐한 바람 앞에 섰습니다.

"사뿐한 바람님. 저와 제 친구들은 혼날 이유가 없어요"

"왜죠?"

"그림자는 아주 위험하고 숲에 해가 되는 존재예요! 그래서 그림자가 될 것 같은 저 울보에게서 제 친구들을 지키기 위해 먼저 행동한 것 뿐이었습니다!"

사뿐한 바람은 오동나무 요정의 말에 잠시 침묵했습니다. 그러자 오동나무 요정은 사뿐한 바람이 이제 자신을 용감한 요정이라 인정했다고 생각했습니다.

'거봐, 내 행동은 정당했어!'

그런데 잠시 동안 침묵하던 사뿐한 바람은 주변에 살랑거리던 작은 바람까지 모두 멈추어 주변을 고요하게 만들었습니다.

"모든 그림자가 숲을 해치나요?"

"그렇지 않나요…?"

"그늘도 그림자입니다. 그럼 그늘이 숲을 해칠까요? 오히려 이끼가 자랄 수 있도록 도와주는 것이 그늘의 존재입니다. 그러면 무엇이 숲을 해치나요?"

"그러면 그림자는 숲을 해치지 않나요?"

"숲을 해치는 존재가 무엇이라고 생각하나요?"

"잘 모르겠어요"

"모두 이리로 오세요"

사뿐한 바람은 이슬 요정들을 데리고 울보 요정과 고사리 요정이 숨어있던 단풍나무로 향했습니다. 그리고 이곳저곳에 상처 난 단풍나무가 보였습니다. 사뿐한 바람은 단풍나무 근처 바닥에 널려 있던 돌 하나를 집어 들었습니다.

"이 돌은 누가 던졌나요?"

사뿐한 바람은 이슬 요정들에게 조약돌을 들며 물었고, 사뿐한 바람이 들고 있던 조약돌을 본 이슬 요정들은 모두 고개를 숙였습니다

"누가 숲을 해치나요? 누가 숲에게 상처를 주고 있었는지 정말 모르겠어요?"

"……."

"그림자가 숲을 해친다고 했나요? 그럼 여러분들이 그림자인가요?!"

"그래도 그림자는 우리를 위험하게 하잖아요! 그럼 저희가 가만히 있었어야 했어요?!"

사뿐한 바람은 작게 한숨을 내쉬었습니다. 그리고 단풍나무 뒤에 숨어 있던 울보 요정과 고사리 요정에게 가서 손을 내밀었습니다.

"앞으로 나와 볼래?"

사뿐한 바람의 말은 울보 요정 마음에 들려왔습니다. 그리고 사뿐한 바람이 내민 손을 울보 요정이 잡고 일어섰습니다. 그 옆에 앉아 있던 고사리 요정은 울보 요정이 걱정되었지만 사뿐한 바람의 손을 잡고 일어서는 울보 요정을 보고 함께 일어섰습니다. 사뿐한 바람은 울보 요정을 상처 난 단풍나무 앞으로 천천히 데리고 나왔습니다.

"제 옆에 있는 요정이 그림자처럼 보이나요, 아니면 여러분과 똑같은 요정으로 보이나요?"

하지만 오동나무 요정은 사뿐한 바람에게 더욱 화가 났습니다. 왜냐하면 사뿐한 바람이 자신을 대장으로 생각해 주고 따르던 요정들 앞에서 망신을 주었다고 생각했기 때문입니다.

"그래도 저 녀석은 요정이라면 반드시 가져야 하는 색깔과 빛이 없는걸요?! 저러다 구슬을 잃어버리기라도 하면 분명 저희들에게 위험한 그림자가 될 게 분명한데 왜 막아서시나요?!!"

그때 갑자기 사방에서 찢어지는 소리와 함께 바람들의 비명 소리가 비처럼 쏟아졌습니다. 알고 보니 떠도는 바람들이 꾸벅꾸벅 졸다가 완전히 잠드는 바람에 바람 울타리가 쓰러진 것이었습니다.

"무슨 소리지!?"

"주변이 점점 어두워지는 것 같아…!"

요정들을 보호하던 바람 울타리가 찢어지자 사뿐한 바람은 서둘러 바람 정령 파라에게 돌아갔습니다. 파라도 급하게 자신을 넓게 펴 이슬 요정들을 보호했습니다. 바람 울타리와 같은 파라의 바람 장막은 바람 울타리처럼 튼튼하지만 시간이 지나면 흘러가는 바람과 함께 사라지게 됩니다. 하지만 당장 조치를 하지 않으면 이슬 요정들이 위험에 처할 수도 있기 때문에 바람 정령 파라는 한 치의 망설임 없이 자신을 넓게 펴 이슬 요정들을 보호했습니다.

"절대 혼자 있지 말고, 그늘에서 최대한 먼 곳에서 숲의 주인이 오실 때까지 기다려야 해! 나를 따라와!!"

바람 정령 파라는 사뿐한 바람과 하나가 되어 모습이 민들레 홀씨처럼 되었습니다. 그리고 이슬 요정들을 바람 장막 한가운데로 데리고 왔고, 이슬 요정들은 옅게나마 남아 있는 노을 아래 오밀조밀 모여 앉았습니다. 사뿐한 바람은 다시금 떠도는 바람들을 불렀지만 떠도는 바람들은 숲의 주인에게 꾸지람을 들을까 봐 이미 멀리 떠난 상황이었습니다. 그렇게 숲은 시간이 지날수록 고요해졌고, 하늘은 노을로 뒤덮였습니다. 그리고 태양을 피해 숨어있던 어둠은 땅거미를 따라 조금씩 조금씩 모습을 드러냈습니다.

'이거 큰일인걸… 바람들이 하늘을 향해 흘러가고 있어. 이러다가는 얼마 버티지 못할 거야'

설상가상으로 파라가 펼친 바람 장막도 바람의 농도가 조금씩 옅어져가고 있었습니다. 이대로 바람 장막이 사라져서 그대로 어둠에 노출된다면 우울한 그림자가 찾아올 것이 분명했습니다. 그런데 역시나 얼마 뒤 어둠의 끝자락에서부터 밀려오는 우울한 그림자들의 위협적인 소리가 들려왔습니다. 그리고 어둠 속에서 들려오는 이 불길한 소리는 이슬 요정들을 향해 조금씩 가까워지고 있었습니다.

"크르르르르….."

이슬 요정들은 섬뜩한 소리에 서로를 비집고 들어가며 하나로 똘똘 뭉쳤습니다. 그리고 어둠의 실체인 우울한 그림자를 마주한 파라는 바람 장막을 급하게 거두고 자신의 심장을 과감히 열었습니다. 파라가 자신의 심장을 열자 옅지만 선명한 빛이 새어 나왔습니다. 그 모습은 마치 작은 반딧불이와 같았는데, 이 빛들은 단풍나무가 있는 일대를 밝혔습니다. 그리고 파라의 심장에서 뿜어져 나오는 빛에 의해 섬뜩한 소리의 정체는 모습을 드러냈습니다.

"심장을 꺼내다니… 정신이 나간 게냐?"

빛 가운데 드러난 존재는 우울한 그림자에게 몸과 정신, 그리고 영혼을 잡아먹힌 어린 늑대였습니다. 어린 늑대는 멈추지 않는 눈물을 흘리며 온몸을 바들바들 떨고 있었고 날카로운 송곳니를 바득바득 부딪히며 이슬 요정들을 위협했습니다. 그런데 예상치 못한 상황이 벌어졌습니다. 우울한 그림자의 섬뜩한 모습을 마주한 몇몇 이슬 요정들이 겁이 난 나머지 숲으로 도망친 것이었습니다.

"빛에서 멀어지면 안 돼!!"

우울한 그림자는 이때를 놓치지 않고 빛 밖으로 뛰쳐나온 요정들의 발목을 그림자로 잡아 넘어뜨렸습니다. 그리고 요정들이 가진 구슬을 깨뜨려 구슬 속에 있는 색과 빛을 씹어 삼켰습니다. 그러자 구슬을 잃은 이슬 요정들은 이내 모래가 되어버렸습니다.

"심장을 꺼내다니… 정신이 나간 게냐?"

"와작… 와그작… 와작 와작…"

우울한 그림자는 이슬 요정들의 구슬을 씹어 삼키자 어둠을 더욱 강하게 뿜어냈고, 그 그림자는 더욱 짙어졌습니다. 그때 오동나무 요정이 우울한 그림자를 막아섰습니다.

"가까이 오지 마!"

"제게서 멀어지지 마세요! 다시 돌아와!!"

바람 정령 파라는 그림자를 막아서려는 오동나무 요정을 서둘러 말렸지만 오동나무 요정은 파라의 말을 듣지 않았습니다. 왜냐하면 자신이 가진 힘이라면 저 어린 늑대 정도는 손쉽게 해치울 수 있을 거라고 생각했기 때문입니다.

"나는 커다란 바위도 들 수 있는데, 너 정도는 손가락 하나로도 날려버릴 수 있어!"

낮 동안 햇볕 아래에 계속 있었던 탓인지 오동나무 요정은 힘이 넘쳐났고, 오동나무 요정은 자신의 몸을 힘껏 부풀렸습니다.

'아버지께 인정받을 수 있는 기회야. 바람 조각 따위가 떠들든 말든 내가 이 상황을 해결할 거야!'

오동나무 요정은 우울한 그림자에게 성큼성큼 걸어나갔습니다. 그런데 우울한 그림자는 오동나무 요정이 다가오자 오동나무 요정에게 겁을 먹었는지 조금씩 조금씩 뒤로 물러났습니다.

"저것 봐. 나한테 겁먹고 뒤로 물러나잖아. 그림자도 별거 없구만!"

오동나무 요정은 처음에는 겁이 났지만 그림자가 뒤로 물러서자 우울한 그림자가 자신에게 겁을 먹었다고 생각했습니다. 그래서 오동나무 요정은 자신감이 생겨 몸을 계속해서 부풀리며 그림자에게 다가갔습니다. 그리고 우울한 그림자에게 삼켜진 어린 늑대와의 거리가 세 발자국 정도로 가까워지자 오동나무 요정은 우울한 그림자에게 주먹을 크게 휘둘렀습니다.

"감히 내 친구들을 겁먹게 해?!"

그런데 오동나무 요정이 휘두르는 큰 주먹을 우울한 그림자가 어린 늑대를 이용해 오동나무의 커다란 주먹 아래를 순식간에 물었고 커다랗고 단단한 오동나무 요정의 주먹은 가냘프게 눈물을 흘리는 어린 늑대의 송곳니에 물려 구멍이 뚫려버렸습니다.

"아아아아악!!"

"어리석고, 교만하며, 오만방자하기 그지없구나!"

사실 우울한 그림자는 오동나무에게 겁을 먹은 척 조금씩 조금씩 뒤로 물러났던 것이었습니다. 빛을 등진 곳이라면 어디든지 존재할 수 있는 우울한 그림자는 빛과 거리가 멀수록 어둠의 농도가 짙어지고 그만큼 강해집니다. 그래서 우울한 그림자는 숲의 어둠이 가득한 곳까지 오동나무 요정을 유인해 파라의 빛으로부터 멀리 떨어뜨려 놓은 것이었습니다.

"살려줘!"

오동나무 요정은 우울한 그림자에게 삼켜진 어린 늑대로부터 벗어나려 안간힘을 썼지만 어린 늑대의 가녀린 이빨은 우울한 그림자의 강력한 힘 때문에 꿈쩍도 하지 않았습니다.

"어떡하죠 파라? 오동나무 요정이 위험해요!"

정령이 심장을 열고 그 빛을 유지하는 일은 상당히 어려운 일입니다. 그래서 빛을 내고 유지하는 동안은 움직일 수도, 말을 할 수도 없었습니다. 그래서 파라는 이슬 요정들에게 아무 대답도 할 수가 없었습니다.

"……"

잘난 척이 심했던 오동나무였지만 이슬 요정들은 그래도 오동나무 요정을 우울한 그림자로부터 구할 방법을 찾았습니다.

"어리석고, 교만하며, 오만방자하기 그지없구나!"

하지만 바람 정령 파라는 심장을 연 탓에 아무 행동을 할 수가 없었고, 다른 이슬 요정들도 밤이 깊어 가는 어두운 숲속에서 아무것도 할 수가 없었습니다.

"얘들아 날 좀 구해줘! 파라! 저 좀 살려주세요!!!"

"시끄럽다 꼬마야. 네가 아무리 소리쳐도 네 친구들은 너를 구하러 오지 않아! 아무래도 네 친구들은 모두 겁쟁이 인 것 같구나. 이대로 빛을 모두 잃고 그림자가 되거라!"

사실 우울한 그림자를 물리치고, 오동나무 요정을 구할 수 있는 방법이 있었습니다. 우울한 그림자를 물리칠 수 있는 유일한 방법은 이슬 요정이 자신의 구슬을 스스로 깨뜨리는 것입니다. 만약 이슬 요정이 자신의 구슬을 스스로 깨뜨리면 구슬에서는 강한 빛이 뿜어져 나오게 되는데, 이 빛은 워낙 강력한 빛이라서 우울한 그림자의 어둠 따위는 상대도 되지 않을 정도였습니다. 하지만 이슬 요정이 자신의 생명과도 같은 구슬을 깨뜨리면 그 이슬 요정은 빛을 잃고 이만 땅속으로 사라지게 됩니다. 그래서 파라는 차마 이 방법을 이슬 요정들에게 말해줄 수 없었습니다.

"에잇!!"

그때 오동나무와 평소에 가깝게 지내던 나무 요정들이 오동나무 요정을 구하기 위해 자신의 구슬을 들고 뛰쳐나갔습니다.

단풍나무 요정과 참나무 요정, 그리고 대나무 요정이 오동나무 요정을 구하기 위해 빛과 어둠의 경계에 섰습니다. 그리고 세 나무 요정들은 구슬을 높이 들어 구슬의 힘을 사용했습니다. 단풍나무 요정은 노을만큼 붉은빛을 내며 날카로운 모습으로, 참나무 요정은 짙은 이끼 색깔을 내며 더욱 단단한 모습으로, 대나무 요정은 맑은 이슬 색 빛을 내며 길쭉한 모습으로 변했습니다. 그런데 변신한 세 나무 요정이 우울한 그림자에게 맞서기 위해 빛을 벗어나자 우울한 그림자는 세 나무 요정의 발을 낚아채서 공중으로 들어 올렸습니다.

"용기 하나는 가상하구나..! 그런데 이걸 어쩌지? 너희들이 가진 힘은 내 앞에서 아무짝에도 쓸모없구나!!"

"으아아악!!"

용감하게 뛰쳐나간 나무 요정 셋은 힘 한 번 제대로 써보지도 못한 채 붙잡혀 버렸고, 안간힘을 쓰며 그림자로부터 벗어나려 애썼지만 소용없었습니다.

"이것 놔! 이익…!!"

"가만히 기다리거라, 이 멍청한 녀석 다음은 너희 차례니까!"

오동나무 요정의 구슬은 점점 빛이 약해졌습니다. 구슬의 빛이 약해질수록 오동나무 요정의 몸에 힘도 점점 빠지기 시작했습니다. 오동나무 요정은 도무지 벗어날 수가 없었습니다. 그리고 파라의 말을 듣지 않고 멋대로 행동 한 것과 빛으로부터 멀리 떨어져 나온 것을 후회했습니다.

"슬슬 힘이 빠지지? 그래, 그렇게 너는 빛을 잃고 내 어둠의 일부가 되는 거야… 빛만 없다면야 요정이든 정령이든 내 상대가 되지 못하지! 그러니 구슬을 이리 내놔!!"

그렇게 구슬이 내던 빛은 점점 희미해만 갔고, 얼마 안 가 구슬은 더 이상 빛을 내지 않았습니다. 그러자 방금 전 까지만 해도 커다랗고 힘이 센 오동나무 요정은 이제 원래의 연약한 모습으로 돌아왔습니다.

"허억… 허어억… 사… 살려줘"

"뭐라고?! 요정이 방금 그림자인 내게 살려달라고 빈 것이냐?! 해가 지기 전에 보였던 너의 객기는 어디로 사라진 게야! 구슬의 힘만 믿고 설쳐댔던 요정들의 끝이 지금 너의 모습과 다르지 않구나. 그저 숲의 주인이 주는 힘을 빌려 쓰는 주제에 그 힘이 자기 것이라고 생각하다니… 숲을 더럽히는 것은 우리 그림자들이 아니라 주제도 모르고 설쳐대는 너희들에게 힘을 빌려주는 그 노인네야!"

우울한 그림자는 분노하고 더욱 분노했습니다. 그러자 우울한 그림자의 어둠은 더욱 짙고, 넓고 무겁게 퍼져 나갔습니다. 엎친 데 덮친 격으로 하늘에 흩뿌려져 있던 노을 조각마저도 지평선 아래로 사라져버렸습니다. 그리고 그림자에게 붙잡혀 있던 나무 요정들의 구슬도 빛을 잃었고, 나무 요정 셋은 다시 연약했던 본래의 모습으로 되돌아왔습니다.

"가여운 것들… 너희들은 더 이상 빛나지 않는구나"

우울한 그림자는 자신의 그림자를 날카롭게 찢어 빛을 잃은 나무 요정들의 구슬들을 가로챘습니다. 그리고 섬뜩한 가시가 가득가득 박혀 있는 입을 쩍 벌리더니 나무 요정들의 구슬을 털어 넣고 와그작 와그작 씹어 삼켰습니다. 우울한 그림자가 나무 요정들의 구슬을 씹어 삼키자 그림자에게 붙잡혀 있던 나무 요정들의 눈은 총기를 잃고 이내 몸이 모래처럼 흘러내려앉았습니다. 요정 중에서 가장 으뜸이었고, 강했던 나무 요정들이 땅 아래로 사라지는 모습은 너무나도 섬뜩했습니다.

"두려워하지 말거라… 이제 밤이 깊으면 곧 너희들 차례니까. 아니면 이참에 나를 섬기는 건 어때? 누구도 거부할 수 없는 강력한 색깔을 선물해 주마…"

우울한 그림자는 남은 이슬 요정들에게 다가갔습니다. 그러자 이슬 요정들은 빛을 내는 파라 근처로 더욱 가까이 붙었습니다. 숲은 이제 낮과 밤의 경계인 황혼에 섰습니다. 그리고 파라와 이슬 요정들은 이내 어느 때보다 어두운 밤을 맞이했습니다. 하늘은 이제 눈을 완전히 감았고 숲은 온통 어두움으로 가득찼습니다. 하지만 우울한 그림자에서 흘러나오는 어둠은 바람 정령 파라에게서 뿜어져 나오는 옅노란 빛 앞에서는 그저 일렁이는 아지랑이에 불과했습니다. 그래서 우울한 그림자는 한 가지 꾀를 냈습니다.

"너희 중 하나가 이리로 나와서 나와 한 번 겨루어 보자꾸나. 만약 너희 중 하나가 나와 겨루어 승리한다면, 내 순순히 건조한 사막까지 물러나주마!"

우울한 그림자의 제안에 요정들은 술렁거렸지만 이내 모든 요정들은 잠잠해졌습니다. 왜냐하면 그 누구도 우울한 그림자에게 맞서 이길만큼 용감하고 강한 요정이 없었기 때문입니다. 모든 요정들은 이미 우울한 그림자의 어두움에 압도당해 있었습니다. 그러자 자신의 꾀에 넘어오지 않는 이슬 요정들에게 우울한 그림자는 더욱 분노했고, 마침내 숲과 숲의 주인을 모욕하기까지 했습니다.

"이런 겁쟁이들 같으니라고… 너희들의 겁먹은 모습을 보아하니 숲의 주인이라 떠들고 다니는 늙은 노인네가 떠오르는구나. 자기 살겠다고 너희를 이 외딴곳에 버려두고 도망친 자를 어찌 아버지라

부르며, 어찌 주인이라 부를 수 있느냐? 그도 내가 두려워 도망친 것을 아직도 인정하지 않는 것이야? 너희는 그 헛된 희망 때문에 새벽을 맞이하기 전에 먼지와 흙이 되어 사라지게 될 게야!"

우울한 그림자는 이슬 요정들을 향해 소리 지르고 울부짖듯이 비웃었습니다. 그래도 이슬 요정들은 아무것도 할 수 없는 상황에서 겁에 질린 채 숲의 주인이 돌아오기만을 기다릴 수밖에 없었습니다. 우울한 그림자는 쉬지 않고 요정들에게 겁을 주었고, 계속해서 숲의 주인을 모욕했습니다.

"너희가 아버지라 부르는 숲의 주인은 딱 그 정도였던 거지… 사실 이 몸이 숲에 나타났다는 소식을 듣고 도망친 거나 다름없어! 숲의 주인? 말도 안 되는 소리. 이렇게나 무능한 자가 어찌 숲의 주인이란 말이냐! 나는 숲이 어두워지면 어디든 다닐 수 있고, 숨을 수 있으며, 잡초에서 큰 나무까지 말라죽게 할 수도 있다. 그리고 빛을 잃은 존재라면 모두 내 발아래에 있게 되지…"

우울한 그림자는 자신의 웃음에 못 이겨 뒤로 나자빠진 채 웃고 떠들었습니다. 그때 누군가가 우울한 그림자를 향해 소리쳤습니다. 눈을 감고 빛을 유지하던 파라도 깜짝 놀라 소리가 난곳으로 고개를 돌렸습니다.

"헛소리 하지마!!"

우울한 그림자에게 소리친 요정은 울보 요정이었습니다. 가장 뒤에서 두 눈을 질끈 감고 숨어 있던 울보 요정은 우울한 그림자가 숲의 주인을 모욕하자 마음 깊숙한 곳에서 알 수 없는 용기가 생겨났습니다. 그래서 숲의 주인을 모욕하는 우울한 그림자를 향해 소리쳤던 것이었습니다.

"어떤 녀석이냐? 겁쟁이처럼 숨어만 있지 말고 앞으로 나와라!"

배를 뒤집고 웃고 있던 우울한 그림자는 이슬 요정이 자신을 부르며 나아오자 당장 웃음을 걷어 내고는 쏜살같이 빛의 경계로 달려갔습니다. 우울한 그림자는 자신의 그림자를 찢어 밧줄처럼 만든 뒤 잽싸게 요정을 낚아채려 했지만 울보 요정은 아직 빛 아래 있었기 때문에 우울한 그림자는 다가갈 수가 없었습니다. 우울한 그림자는 울보 요정에게 약이 올라 온몸을 파르르 떨었습니다.

"호오라… 겁쟁아 너였구나, 아니지, 나에게 맞서기 위해 나온 것을 보면 겁쟁이는 아닌 건가? 아니야, 아니야. 너는 아직 빛 아래에 있어. 나와 겨루고 싶거든 빛 밖으로 나와야지… 당장 나오지 못해!"

우울한 그림자에게 분노가 차오르자 그림자에서 뿜어져 나오는 어둠이 이제 큰 산 만큼 타올랐습니다. 그 모습을 본 다른 몇몇 이슬 요정들은 정신을 잃고 쓰러졌습니다.

"당장 빛 바깥으로 나오지 못해!"

타오르는 그림자의 어두움은 파라가 뿜어내는 빛을 잠깐이었지만 살짝 흔들리게 했을 정도로 강력했습니다. 하지만 울보 요정은 아무리 그림자가 짙고, 어둡고, 크게 타올라도 물러서지 않았습니다.

"옳지 옳지. 그 정도는 돼야 나도 상대할 맛이 나지…"

우울한 그림자는 자신에게 맞서는 울보 요정에게 다가갔습니다. 그런데 우울한 그림자가 파라가 내뿜는 빛과 너무 가까이 한 나머지 그림자의 어둠이 일부분이 사라져 버리고 말았습니다. 잠시 방심한 탓에 어둠을 잃은 우울한 그림자는 그림자에 사라진 어두움을 더하려 잠시 어둠 속으로 물러났습니다. 우울한 그림자가 뒤로 물러나자 울보 요정은 사뿐한 바람이 뿜어내던 빛 바깥으로 한 발짝 움직였습니다. 그런데 어둠 속에서 디딘 땅은 흙에서 느낄 수 있었던 싱그러움이 아닌 축축한 진흙과 같았고, 발바닥에 전해지는 촉감은 끝도 없이 빠져버릴 것은 늪과 같았습니다.

"너의 치기어린 분노가 나를 더욱 어둡고 빛나도록 하는구나…"

우울한 그림자는 울보 요정이 빛 밖으로 나오자 당장이라도 울보 요정을 덮쳐 그 구슬을 빼앗고 싶었지만, 방금 파라와 사뿐한 바람이 뿜어내는 빛에 너무 가까이 간 탓에 그림자의 힘을 대부분 잃어 순식간에 도약할 힘이 없었습니다.

그래도 어둠 속에서 어느 정도 머무르자 우울한 그림자는 이제 단숨에 뛰어오를 힘을 얻게 되었습니다. 하지만 자신이 뛰어오를 때 울보 요정이 다시 빛으로 숨어버릴까 봐 우울한 그림자는 울보 요정을 잠시 불러 세웠습니다.

"이봐, 나는 공평한 것을 좋아해. 네가 나와 겨루다 말고 빛으로 도망칠 수도 있잖아? 만약 네가 나와 겨루다가 빛으로 도망친다면 나는 온 숲을 돌아다니면서 너와 숲의 주인의 이름을 더럽히며 돌아다닐 거란다… 우울한 그림자가 무서워서 도망친 자칭 숲의 주인과 그의 부끄러운 자식이라고 하면서 말이다! 그러니 나와 정정당당히 승부하자꾸나. 네 앞에 빛이 닿지 않는 이끼 낀 바위가 보이지? 거기까지 나오렴"

울보 요정은 우울한 그림자의 말대로 이끼 낀 바위까지 나왔습니다. 빛의 경계에서 이끼 낀 바위까지는 다섯 걸음밖에 되지 않았지만 우울한 그림자가 단숨에 뛰어올라 덮친다면 울보 요정은 도망칠 새도 없이 잡아먹힐 거리였습니다.

"그래 그렇지, 이제 곧 올빼미가 울 시간이야. 올빼미가 세 번째 울 때 너와 내가 겨루어 보자꾸나"

올빼미가 울기 전 우울한 그림자는 울보 요정을 단숨에 뛰어올라 덮치기 위해 나풀대던 그림자를 모두 어린 늑대에게 흘려 담았습니다.

한편 울보 요정도 올빼미가 울기 전에 우울한 그림자와 겨루기 위해 준비를 시작했습니다. 울보 요정은 바람 정령 파라가 했던 것처럼 자신의 자신의 투명한 구슬을 꺼내어 자신의 이끼 낀 바위에 살짝 두드려 구슬에 금을 냈습니다. 그리고 목에 두른 이슬 껍질을 풀어 금이 간 투명한 구슬을 그 속에 넣었습니다. 그때 멀리서 올빼미가 한 번 울었습니다. 곧바로 올빼미가 두 번 울었습니다. 그리고 올빼미가 세 번 울 때 우울한 그림자는 순식간에 울보 요정에게 뛰어올랐습니다.

울보 요정은 우울한 그림자가 뛰어오름과 동시에 이슬 껍질로 감싼 투명한 구슬을 달려드는 우울한 그림자에게 던졌습니다. 이슬 껍질에 쌓인 투명한 구슬은 쏜살같이 날아가더니 어린 늑대의 이마에 빠른 속도로 날아가 부딪혀 깨졌습니다. 어린 늑대의 이마에서 깨진 구슬은 맑고 투명한 빛을 뿜어내기 시작했고 우울한 그림자와 어린 늑대는 강한 빛에 의해 멀리 날아가고 말았습니다.

"으아아악!!!"

우울한 그림자와 어린 늑대는 터져나오는 강력한 빛에 멀리 날아가다 산딸나무에 부딪에 떨어졌습니다. 우울한 그림자는 이때 울보 요정의 구슬에서 터져 나온 빛에 완전히 사라질 뻔했지만 어린 늑대 속에 스며든 탓에 완전히 사라지지 않았습니다.

어린 늑대의 이마에 빠른 속도로 날아가 부딪혀 깨졌습니다.

'스며들자… 일단 스며들어야 해…'

어둠과 그림자의 힘을 완전히 잃은 우울한 그림자는 검고 작은 모양에 끈적이는 형태로 다시 어린 늑대에게 스며들려 했습니다. 하지만 어린 늑대가 방금 전에 빛에 뒤덮인 탓에 그림자는 도무지 스며들 수가 없었습니다. 구슬에서 빛이 터져 나올 때 울보 요정은 그 자리에서 풀썩 쓰러졌습니다. 그러자 고사리 요정은 빛 밖으로 뛰쳐나와 쓰러진 울보 요정을 살폈습니다.

"내 말 들려?! 좀 일어나 봐!"

울보 요정은 구슬이 깨진 탓에 온몸이 점점 잿빛으로 변했습니다. 그런 울보 요정을 고사리 요정이 아무리 흔들고 깨워봐도 울보 요정은 깨어나지 않았습니다. 그리고 쓰러진 울보 요정은 이제 조금씩 서서히 사라져갔습니다. 사라져가는 울보 요정을 고사리 요정은 눈물을 흘리며 붙잡았습니다. 고사리 요정은 울보 요정과 함께 우울한 그림자에게 맞서 싸우지 않은 것을 너무나도 후회했습니다.

한편 코딱지만큼 작아진 우울한 그림자는 스며들 존재를 찾지 못했고, 안절부절 하며 산딸나무 주위를 기어 다녔습니다. 우울한 그림자는 기어 다닐 때마다 자신의 몸에서 그림자 조각이 떨어져 나갔습니다. 그렇게 우울한 그림자도 서서히 사라져 가던 갈 무렵, 우울한 그림자의 눈에 사라져가는 울보 요정이 눈에 들어왔습니다. 우울한 그림자는 끈적거리는 몸을 이끌고 쓰러져 있는 울보 요정을 향해 빠르게 다가갔습니다.

'안돼… 내가 어떻게… 지금까지 어둠을 누려왔는데, 이렇게 사라질 수는 없어!'

우울한 그림자는 쓰러진 울보 요정의 근처까지 다다랐습니다. 우울한 그림자는 이제 입도 떨어져 나갔는지 아무 소리조차 내지 못했습니다. 그리고 아직 남아 있는 울보 요정의 그림자에 손을 뻗었습니다.

'스며들자… 일단 스며들어야 해… 이젠 숲을 떠나야겠어… 분하지만 다음 기회를 노려보자… 저 녀석의 그림자에 닿으면 스며들 수 있으니 조금만… 조금만 더…!'

그때 모든 것을 밝히고, 모든 것을 씻어내는 강렬한 빛이 한 밤에 드리웠던 어둠을 완전히 몰아냈습니다. 그 빛이 어찌나 강력했던지 항상 빛 반대편에 존재하던 그림자마저도 설 곳이 없었습니다.

동시에 울보 요정의 그림자로 스며들려고 했던 우울한 그림자는 순식간에 사라져버렸습니다. 숲은 그림자가 존재할 수 없을 정도로 아름답고 맑은 빛으로 채워졌습니다. 이 강력하고 강렬한 빛을 비추인 존재는 바로 숲의 주인이었고, 그는 심장을 열어 이슬 요정들을 지키고 있던 바람 정령 파라와 사뿐한 바람결에 섰습니다. 파라는 숲에 빛이 가득찬 것을 느끼면서 숲의 주인이 자신들에게 도착한 것을 알아차렸습니다. 하지만 눈을 뜰 수도 없었고, 소리를 낼 수도 없었던 파라는 그저 옅은 미소만 보였습니다.

"심장을 열었구나, 덕분에 이슬들이 무사할 수 있었어!"

숲의 주인은 자신의 심장을 열어 빛을 한 줌 쥐어 바람 정령 파라와 사뿐한 바람에게 그 빛을 다시 심겨 주었습니다. 그러자 희미해지던 파라와 사뿐한 바람은 다시 본래의 모습으로 돌아왔습니다. 그리고 다시 본래의 모습으로 돌아온 파라와 사뿐한 바람은 감긴 눈을 뜨며 말했습니다.

"숲의 주인을 뵙습니다. 정말, 정말 기다리고 있었습니다. 그런데 저기 요정 하나가 쓰러져 있습니다. 구슬이 깨져서 저렇게…"

숲의 주인은 파라를 따라 울보 요정이 쓰러져 있는 곳으로 서둘러 갔습니다. 그리고 숲의 주인이 도착한 곳에는 고사리 요정 품에서 서서히 사라져 가고 있는 울보 요정이 있었습니다.

"구슬을 스스로 깬 모양이구나"

고사리 요정은 다가온 숲의 주인에게 자신의 친구인 울보 요정을 살려달라 빌고 싶었지만 터져 나오는 울음에 그저 흐느낄 수밖에 없었습니다. 그래도 고사리 요정은 낼 수 있는 소리를 최대한 짜내어 숲의 주인에게 간곡히 부탁했습니다.

"제 친구 좀 살려주세요!"

숲의 주인은 잿빛을 띠며 고사리 품에 안겨 있는 울보 요정에게 손을 내밀었습니다. 그러자 모래처럼 잘게 부서져 흘러내리던 울보 요정은 다시 원래의 모습을 되찾았습니다. 하지만 여전히 울보 요정은 여전히 눈을 뜨지 못했습니다.

"네 빛으로 모두를 살렸으니, 나도 내 빛으로 너를 되살려주마"

숲의 주인은 자신의 심장에서 빛을 한 줌 떼어 산산이 부서져 있던 울보 요정의 투명한 구슬 조각들 위에 그 빛을 흩뿌렸습니다. 그러자 부서졌던 구슬 조각들은 구름처럼 말랑말랑하고 몽글몽글 하게 뒤섞이더니 다시금 동그란 모양으로 자리 잡았고, 구슬이 다시 본래의 모습을 되찾자 울보 요정의 정신도 되돌아왔습니다.

"고맙구나. 네 덕분에 숲의 이슬들이 무사할 수 있었단다."

깨어난 울보 요정은 두 손을 이리저리 흔들며 손사래를 쳤습니다. 숲의 주인은 그런 울보 요정에게 투명한 구슬을 손수 건네며 한 손으로는 울보 요정을 꼬옥 안아줬습니다.

"얘야. 네 구슬은 특별하단다. 자, 받으렴. 네 구슬이란다"

숲의 주인이 건넨 구슬은 여전히 투명해서 보이지 않았습니다. 그리고 그 구슬 위에 숲의 주인은 손을 얹었습니다.

"원하는 색과 빛이 있니?"

"제가 원하는 색과 빛이요?"

숲의 주인은 투명한 구슬에 얹은 손을 이리저리 문질렀습니다. 그러자 단풍의 붉은빛이 잠깐, 맥문동 꽃의 보라빛도 잠깐, 벚나무의 분홍빛도 잠깐, 잔디의 푸르름도 투명했던 구슬에 잠깐 머물렀습니다.

"네가 원하는 색과 빛을 너의 투명한 구슬에 입혀줄 수 있단다. 무엇을 원하니?"

울보 요정은 숲의 주인의 제안에 잠시 고민했지만, 울보 요정의 마음에는 이미 원하는 색과 빛이 있었습니다.

"당신은 어떤 색과 빛을 가장 좋아하시나요?"

"내가 좋아하는 색과 빛?"

숲의 주인은 울보 요정의 질문이 기특했는지, 자신의 수염을 쓰다듬으며 껄껄 웃었습니다.

"작고 연약하지만 순수하고 깨끗한 애기똥풀의 옅은 노란색과 그 살랑거리는 맑은 빛을 좋아한단다"

"그럼 저는 애기똥풀의 옅은 노란색과 살랑거리는 맑은 빛을 구슬에 담고 싶어요"

"그야 나는 아버지가 사랑하는 색과 빛을 내는 요정이고 싶으니까!"

"그래 알겠다. 네 바람대로 애기똥풀의 옅은 노란색과 맑은 빛을 네 구슬에 담아주마"

숲의 주인이 울보 요정의 투명한 구슬을 이리저리 문질렀고, 울보 요정의 구슬은 숲의 주인의 손길에 반응하여 옅고 맑은 노란빛이 은은하게 감돌았습니다. 그런데 옆에 있던 고사리 요정이 슬며시 다가오더니, 이해가 되지 않는 듯한 표정을 지으며 울보 요정에게 귓속말로 물어보았습니다.

"강한 나무의 색과 빛도 있고, 아름다운 꽃의 색과 빛도 있는데, 굳이 이름도 이상한 애기똥풀을 고른 거야?"

그러자 울보 요정은 방긋 웃으며 대답했습니다.

"그야 나는 아버지가 사랑하는 색과 빛을 내는 요정이고 싶으니까!"

열 번째 씨앗

허수, 아비

- 10 -

허수, 아비

"자! 네 이름은 허수다!"

한 목자가 짚과 나무로 만든 허수아비에 오색 실을 엮어 만든 옷을 입혀주고 밀짚모자를 씌워주었습니다. 허수의 두 눈은 구멍이 네 개 뚫려 있는 단추 두 개가 박혀 있었고, 코는 사과나무 가지, 입은 화살나무의 나뭇잎 하나를 반으로 갈라 윗 입술과 아랫입술을 구분 지어 붙여져 있었습니다.

"자! 네 이름은 허수다!"

허수는 짚으로 이리저리 엮여 만들어졌지만 불어오는 바람을 느낄 수 있었고, 양들이 우는소리도 들을 수 있었습니다. 그리고 무엇보다 푸르른 들판과 높고 푸른 하늘을 볼 수 있는 자신의 모습이 꽤나 마음에 들었습니다.

"자! 멋지지? 아 참, 허수야! 나는 아버지를 뵈러 높은 산에 잠시 갔다 와야 해. 그러니 내가 다시 올 때까지 내 양들을 잘 부탁한다!"

"양이요? 저는 양을 모르는걸요?"

목자는 허수를 데리고 흙길을 따라 걸었습니다. 허수는 걸을 때마다 사박사박 하는 소리가 났습니다. 아무래도 짚으로 만들어진 탓에 조용히 걸을 수 없었지만 이마저도 허수에게는 큰 행복이었습니다.

목자와 허수의 발걸음이 멈춘 곳은 한 작은 시냇가가 있는 푸른 초원이었습니다. 시냇가에서 흐르는 물이 어찌나 맑고 깨끗했던지 바닥이 훤히 보였습니다.

"여기가 양들이 가장 좋아하는 곳이야. 양들은 반나절 동안 초원에서 풀을 뜯어 먹어야 하는데, 꼭 좋은 풀이 있는 곳까지 데려다줘야 한단다. 그리고 양들이 어느 정도 풀을 먹으면 여기 앞에 있는 깨끗한 시냇가로 데리고 와서 물도 먹여 줘야 해"

"그렇게나 신경을 많이 써줘야 해요?"

"그렇지? 그런데 어쩌겠어. 그래서 양들에게는 목자가 꼭 필요해. 모든 것을 스스로 할 수가 없기 때문에 각별히 주의해서 보살펴야 한단다"

"그러면 풀과 물만 제때 먹여 주기만 하면 되나요?"

"사실… 가장 걱정되는 부분이 있는데"

목자는 깊은 고민을 내비치며 팔짱을 꼬았습니다. 그러자 허수도 그러한 목자의 행동을 따라 자신도 팔짱을 껴보았습니다.

"이렇게 아름다운 초원은 항상 평화롭지만은 않아. 이곳 초원에는 무시무시한 늑대가 살아가고 있지. 이렇게 고요하고 평화로운 초원에는 어울리지 않는 존재야!"

"늑대요?"

"그래 늑대. 늑대는 사실 목자가 먼저 발견하면 충분히 싸워 이길 수 있어. 하지만 늑대는 혼자 움직이지도 않을뿐더러 항상 바람이 불어오는 반대 방향에서 몸을 웅크린 채 양들에게 다가와"

'꿀꺽'

"이렇게 아름다운 초원은 항상 평화롭지만은 않아"

목자는 늑대 흉내를 내며 허수 등 뒤로 슬금슬금 움직였고, 허수는 목자가 늑대 흉내를 내자 몸이 그대로 얼어 붙어버렸습니다. 허수는 이때 어찌나 겁을 먹었던지 짚으로 만들어진 몸을 사시나무처럼 파르르 떨렸습니다.

"왁!!"

"에구머니나!"

허수는 그대로 놀라 자빠졌고, 쓰고 있던 밀짚모자는 핑그르르 원을 그리며 땅에 떨어졌습니다. 그리고 사과나무 가지로 만들어진 코는 우스꽝스럽게 삐뚤어졌습니다.

"와하하! 많이 놀랐구나? 미안하다. 코가 조금 삐뚤어졌네. 내가 다시 원래대로 고쳐줄게"

목자는 넘어진 허수를 일으켜 세웠습니다. 그리고 사과나무 가지로 만든 허수의 삐뚤어진 코를 똑바로 고쳐주고는 땅에 떨어진 허수의 밀짚모자를 주워 다시 씌워주었습니다.

"늑대가 마주하면 저는 맞설 자신이 없어요. 게다가 늑대는 혼자가 아니라면서요!"

"늑대도 별거 없어. 먼저 발견하면 멀리서 돌을 던지고, 가까이 다가온다면 지팡이를 이리저리 휘두르면 돼. 그게 다야"

"그게 다라뇨? 저는 짚으로 만들어진 볼품없는 몸을 갖고 있어요. 늑대가 날카로운 이빨로 저를 물게 된다면 제 몸은 온 사방으로 흩어질게 틀림없어요!"

허수는 목자의 양들을 돌보는 것에 자신이 없었습니다. 하나부터 열까지 모든 것을 하나하나 챙겨줘야 하는 양들과 초원에서 시시때때 양들을 노리는 늑대의 존재는 허수가 감당하기 힘든 것이 사실이었습니다. 하지만 그러한 허수의 마음을 이미 알고 있던 목자는 허수를 꼭 안아주며 말했습니다.

"나는 반드시 아버지를 뵈러 높은 산으로 가야 한단다. 하지만 내 양들을 그냥 놓고 갈 수도 없어. 내가 믿을 수 있는 존재는 너 하나뿐이야. 나를 위해 내 양을 먹이고, 내 양을 돌봐줄 수 없겠니?"

"언제 돌아올 거예요?"

"아버지가 다시 보내실 때?"

"그게 언젠데요?"

"그건 나도 모르겠네. 그래도 최대한 빨리 올게. 정말 곧 올 거야"

"정말 빨리 오셔야 해요? 약속하는 거죠?"

"그래 약속할게. 저기 저 가파른 오르막 보이지? 저 오르막을 따라가면 산 정상까지 가는 길이 있어. 나는 저 길로 갔다가 다시 저 길로 돌아올 거야. 정말 곧 올 거야!"

목자는 자신의 양을 자신처럼 사랑했습니다. 그래서 항상 애정 어린 눈으로 양을 대했고, 정성스레 보살폈습니다. 그리고 목자는 허수도 양과 같이 사랑했습니다. 허수 또한 목자가 자신을 얼마나 신뢰하고 아끼는지 알고 있었습니다. 사실 허수는 양들을 하나하나 보살피는 수고스러움이 걱정되는 것이 아니었습니다. 늑대와 맞서는 것 또한 허수의 걱정이 아니었습니다. 허수의 걱정은 자신이 목자만큼 양을 사랑할 자신이 없기 때문이었습니다.

"곧 오신다고 하셨으니, 한 번 해볼게요"

"고맙구나. 너는 잘 해낼 수 있을 거야"

목자는 허수에게 자신의 나무 지팡이를 건넸습니다. 지팡이는 끝이 둥글게 휘어져 있었고 등나무로 만들어진 튼튼한 지팡이었습니다. 자신의 키만 한 지팡이를 받아든 허수는 목자가 떠날 채비를 할 때마저도 목자에게 자신은 할 수 없다고 말하고 싶었습니다.

"아직도 걱정이 많이 되니?"

"당연하죠. 그걸 말이라고 하세요? 솔직히 너무 무서워요."

"무엇이 가장 걱정되고 무섭니?"

"하나부터 모든 것이 다 걱정되고 무서워요. 제가 정말 부지런히 양들에게 풀을 먹이면서 하나하나 살필 수 있을지도 모르겠고요, 갑자기 비바람과 폭풍이 불어닥칠까 봐 걱정되고요, 늑대를 마주했을 때 제가 맞설 자신이 없어요"

"그럴 땐 마음에 울리는 소리에 귀를 기울여 보렴. 그래도 모르겠으면 양을 네 몸처럼 항상 사랑해주면 돼. 정말 그게 다야"

허수는 목자가 말해주는 해결책이 터무니없는 말 같고, 짐작되지 않는 앞날이 막막했는지 한숨을 푹 쉬어냈습니다. 하지만 목자는 이제 정말 높은 산으로 떠나야 했기에 허수와 수많은 양들을 뒤로한 채 먼 길을 나섰습니다.

목자가 떠나자 허수는 일단 지금 불어오는 향긋한 바람을 충분히 느끼기 위해 약간 경사진 언덕에 몸을 뉘었습니다. 이제 세상을 알고 볼 수 있고 느낄 수 있게 된 허수는 자연을 구성하고 있는 것들이 아름답기만 했습니다. 정오가 되고 하늘의 따사로운 햇살이 더욱 선명하게 느껴졌습니다. 바람은 초원 위를 내달렸고 초원의 풀들은 불어오는 바람과 함께 춤을 추었습니다. 그런데 누군가 누워 있던 허수에게 누군가 다가왔습니다.

"이봐! 우린 먹고 싶다. 풀! "

"으음…?"

허수의 달콤한 낮잠을 방해한 것은 한쪽 뿔이 잘린 양이었습니다. 그런데 눈을 떠보니 양 한 마리가 아닌 양 무리가 허수를 둘러싸고 있었습니다.

"지금 잘 시간 아니다. 우리 고프다 배. 얼른 데려가라 우리! 풀이 있는 곳으로!"

허수는 기지개를 피고 지팡이를 땅에 디디며 일어섰는데, 양들의 표정이 좋지 않았습니다. 양들은 하나같이 인상을 찌푸리며 허수를 바라보고 있었습니다.

"너희들 바로 옆에 있는 풀도 풀 아니야? 그거 먹으면 안 돼?"

"하지 마라! 헛소리! 우린 원한다 풀! 신선한! "

"굳이 멀리 가야 해? 가까운 곳부터 먹어"

"장난하냐?! 음메에에!!"

-음메에에!!!-

외뿔 양이 울자 다른 양들도 허수의 말에 항의라도 하듯 일제히 '음메에' 하고 울어댔습니다. 허수는 시끄럽게 울어대는 양들의 울음소리에 귀를 막아 보았지만 아무 소용이 없었습니다.

"이봐! 우린 먹고 싶다. 풀!"

"그래 알겠어! 너희가 원하는 풀이 어디에 있는데? 내가 거기로 데려다줄 테니까 이제 조용히 좀 해!"

그러자 외뿔 양이 고개를 까딱하며 코 끝으로 자신들이 원하는 곳을 가리켰습니다. 허수는 대답 대신 고개로만 방향을 가리킨 양이 괘씸했지만 자신에게 이 양들을 맡긴 목자를 생각하며 화를 삼켰습니다.

"음메에에! 너 만들어졌다. 짚으로, 근데 굼뜬다. 가벼운데도"

"에휴… 그래 간다 가"

허수는 양들의 무리를 이리저리 해치면서 울타리까지 갔습니다. 그리고 울타리 문을 열어 주었는데, 양들은 꿈쩍도 하지 않고 울타리 안에서 가만히 있었습니다.

"왜 안 나가? 자, 문 열어 줬잖아. 너희들 풀 안 먹고 싶어?"

그때 외뿔 양이 허수에게 다가와 하나 남은 뿔로 허수 다리를 툭툭 치며 말했습니다.

"나가라 먼저. 있을 수 있다. 혹시 늑대가"

"뭐? 그럼 나는 늑대에게 공격받아도 괜찮다는 거야?!"

"걱정 마라 그건. 만약 있으면 늑대가. 우리는 들어간다. 울타리로"

"이게 정말!"

허수는 끝이 휜 나무 지팡이를 외뿔 양에게 휘둘렀습니다. 하지만 지팡이가 무겁기도 무거웠고, 지푸라기로 만들어진 몸이라 그런지 별다지 위협적이지 않았습니다.

"음메에! 지금 때리려 했다! 없다 너는! 목자 자격!"

-음메에에!!!-

허수는 울어대는 양들에게 더 이상 소리칠 힘이 없었습니다. 목자의 양을 맡은 지 하루도 되지 않았지만 허수는 무기력해졌고, 시끄러운 양들의 울음소리를 뒤로한 채 울타리 너머로 터벅터벅 걸어 나갔습니다.

"자, 됐지? 늑대는 없어. 그러니까 그만 울고 나와 다들"

양들은 허수가 서 있는 곳까지 가지 않고 최대한 울타리에 붙어서 이동했습니다. 왜냐하면 양들은 땅속에도 늑대가 숨어있다고 믿기 때문입니다. 그렇게 많은 양들은 울타리를 거쳐 나갔고 그 중에 외뿔 양은 특히 허수를 계속해서 무시했습니다.

'우리를 이끈다? 안된다 말도!'

허수는 양들이 한 마리 한 마리 나갈 때마다 몇 마리가 나가는지 세어 보았습니다. 양들은 총 백 마리였습니다. 하지만 양들이 아직 털을 깎지 않는 계절이라 그런지 이 백 마리는 족히 되어 보였습니다.

"저 많은 양들을 어떻게 보살핀담?"

그때 흰 색, 검은색 털이 온몸에 번갈아 난 양치기 개 한 마리가 울타리 밖으로 쫓아 나왔습니다.

"산책 나가요?!"

"넌 누구야?"

"저요? 저는 양치기 개 파라에요"

"네 이름이 파라니? 반가워 내 이름은 허수야"

양치기 개 파라는 꼬리를 산들 산들 흔들며 허수에게 다가와 짚으로 된 다리를 핥아주었습니다.

"그런데 목자님은 어디 가셨어요? 냄새가 희미해요"

"목자님은 잠시 높은 산으로 떠나셨어. 그동안 내가 저 많은 양들을 보살펴야 해. 나에게 부탁하셨어"

"그렇네요? 지금 쓴 밀짚모자와 오색 옷은 목자님이 항상 입으시던 옷과 모자인데"

그때 조금 떨어진 곳에 있던 양들이 또다시 시끄럽게 울어댔습니다. 그러자 양치기 개 파라가 "컹!컹!" 하며 짖었고, 양들은 울음을 뚝 그쳤습니다.

"일단 양들이 기다리는 것 같으니, 양들을 초원에 먼저 데려다 놓을까요?"

"좋아. 조금만 더 늦으면 시끄러운 울음소리로 짜증을 낼 것이 분명해"

"그럼 제가 앞설 테니, 허수님은 양들의 무리 중간에서 따라오시면 돼요. 혹시 다른 곳으로 잘못 빠져나가는 양이 있다면 꼭 야단치셔야 해요. 안 그러면 그 양은 늑대 밥이 될 게 분명하니까요"

"도와줘서 고마워. 능선까지 잘 부탁해"

파라는 양들의 무리 맨 앞으로 쏜살같이 달려나갔습니다. 파라가 짖으며 달려오자 양들은 깜짝 놀라며 이리저리 움직였지만 놀랍게도 금세 자리를 잡아갔습니다.

"컹컹! 가장 앞에 있는 너! 앞으로 가!"

파라의 지시에 따라 양들은 서서히 앞으로 움직였습니다. 양들은 모두 한 방향을 바라보며 앞으로 토닥토닥 나아갔습니다. 그리고 파라는 언덕이 나타날 때마다 그곳에 먼저 가서 늑대가 있는지를 살폈습니다. 허수는 파라의 말대로 양들의 무리 중간에서 가장 앞선 양과 가장 뒤에서 따라오는 양을 살피면서 이동하는 중에 혹시 양이 다른 곳으로 새어 나가지 못하도록 자리를 지켰습니다.

"저 언덕만 넘어가면 돼요! 컹컹!"

파라가 허수에게 곧 좋은 풀이 있는 초원에 도착한다고 알렸습니다. 그러자 양들은 더욱 빠르게 움직이기 시작했습니다. 왜냐하면 허수가 양들의 밥때를 놓쳤기 때문입니다.

-음메에에!!!-

허수가 도착한 곳은 끝이 보이지 않는 넓은 초원이었습니다. 자라난 풀은 울타리 근처에서 자라 있던 풀과는 비교가 안될 정도로 곱고 부드러워 보였습니다.

"배 많이 고팠지? 자, 맘껏 먹어라"

양들은 신기하게도 허수가 먹으라고 하자 그제야 풀을 뜯어 먹기 시작했습니다. 방금 전까지 그렇게 말을 듣지 않던 양들이 자신이 먹으라고 말할 때까지 기다리자 허수는 처음으로 양들을 보살피는 느낌을 느꼈습니다.

"컹컹! 가장 앞에 있는 너! 앞으로 가!"

"할만해요?"

파라가 허수 근처에 다가와서 앉자 허수는 안도의 한숨을 푹 내쉬었습니다. 왜냐하면 허수는 파라의 도움이 없었다면 아무것도 할 수 없었기 때문입니다.

"네 덕분에 양들을 무사히 초원으로 데리고 왔어 정말 고마워. 그리고 여기 정말 멋진거 같아! 울타리에서 봤던 풀들과는 비교가 되질 않아! 여긴 마치 천국 같아. 천국이 있다면 이런 곳이 아닐까? 저기 멀리서 날아드는 바람에 몸을 맡기고 춤을 추는 풀들이 너무 아름다워. 내가 보는 모든 것들을 내 눈에 하나도 빠짐 없이 담고 싶어"

파라는 허수가 피워내는 감사의 고백에 덩달아 기뻤는지 허수 앞에서 빙글빙글 돌기도 하고 허수의 등 위로 올라타기도 했습니다. 허수는 자신을 기꺼이 도와주는 파라가 있어서 정말 다행이라고 생각했습니다. 양치기 개 파라는 지치지도 않고 허수보다 먼저 가서 모든 문제를 해결 해놓기 때문에 허수에게 아주 큰 힘이 되었습니다. 그렇게 한참 동안 허수와 파라는 넓은 들판에서 잠시 휴식을 가지고 있었습니다. 그리고 얼마 후 양들은 마침 풀을 다 먹었는지 시끄럽게 울어대기 시작했습니다.

"양들이 풀을 다 먹었나봐, 되게 시끄럽게 우네"

"아마 물을 먹고 싶어서 저러는 걸 거예요. 제가 근처에 있는 시냇가를 알고 있어요!"

"그럼 거기로 갈까?"

파라는 올라갔던 바위에서 단숨에 내려가더니 양들 무리로 달려갔습니다. 파라가 "컹!컹!" 대며 양들을 근처 시냇가가 있는 곳으로 몰았습니다. 허수 또한 양들이 무리에서 이탈하지 않도록 지팡이를 허우적대며 양들을 몰았는데, 대부분의 양들은 허수가 이끄는 방향대로 잘따라와 주었습니다. 하지만 듣기만 하지 따르지 않는 양들이 몇 몇 있었기에 허수는 마음이 좋지만은 않았습니다.

"음메에! 양치기 개만 아니었어도. 들이 받았을 거다!"

허수를 따르기 싫어하는 양 중에서 가장 말썽을 피우는 양은 역시나 외뿔 양이었습니다. 외뿔 양은 덩치도, 힘도 좋아서 다른 수컷 양들이 부러워하는 양이었지만 털이 거칠고 성격이 사나운 탓에 암컷 양들에게는 인기가 없었습니다. 게다가 외뿔 양은 다른 양들과 하도 싸워대서 뿔 하나를 목자가 잘라버렸습니다. 그때 부터 외뿔 양은 항상 신경질적이었습니다.

"그래도 이제 양치기 티가 좀 난다. 허수라는 녀석. 처음에는 싫었다. 어리바리 해서. 근데 부지런하다. 봐라, 내다보고 있다. 높은 바위에서. 우리가 풀을 먹을 때. 마치 목자님처럼"

그때 외뿔 양이 허수를 좋게 말하던 양의 옆구리를 뿔로 들이 받았습니다.

"음메에에!"

"내 앞에서 하지 마라. 저 부지깽이 칭찬!"

"알겠다. 때리지 마라"

"음메에에에!!"

외뿔 양은 심기가 불편했습니다. 왜냐하면 자신은 항상 양들 무리에서 리더였습니다. 덩치도 크고, 힘도 세고, 뿔도 커다랬기 때문입니다. 그래서 다른 모든 양들이 자신의 말을 듣고 따랐습니다. 하지만 목자가 자신의 뿔 하나를 잘라버리고 나서 왠지 다른 양들이 자신을 무시하는 것 같았습니다. 게다가 짚과 나뭇가지를 엮어 만든 허수아비를 만들어 놓고는 자기 대신 양들을 돌볼 목자라고 하니, 더욱 허수가 마음에 들지 않았던 것이었습니다.

"얘들아, 무슨 일이야?"

"음메에! 음메에에! 상관 마라! 이건 우리의 일!"

"목자님이 너희를 내게 맡기고 높은 산으로 여행을 떠나셨단 말이야. 그러니까 너희가 잘못되면 다 내 책임이야"

"음메에에!"

외뿔 양은 신경질적인 울음을 내며 휙 돌아갔습니다. 허수는 화가 났지만 그래도 당장 울고 있는 양에게 다가가서 달래 주었습니다.

"괜찮아?"

"들이 받았다! 외뿔이 녀석! 나를!"

"착한 네가 이해해야겠다… 어쩌겠어. 내 말도 안 듣는데"

"막대기 있다. 목자님께. 때려 줘라 그걸로! 외뿔이 녀석을!"

"이걸로?"

허수는 끝이 휜 나무 지팡이를 잠시 바라보았습니다. 사실 허수는 이 지팡이로 외뿔 양을 때려주고 싶었습니다. 하지만 분명 목자가 자신에게 지팡이를 준 이유는 양을 때려주기 위한 것이 아님을 짐작하고 있었습니다.

"나도 저 녀석에게 굉장히 화가 나거든? 하지만 목자님께서 너희를 내게 부탁하셨어. 그래서 나는 너를 아끼는 만큼 외뿔이녀석도 아껴줘야 해"

그때 파라가 멀리서부터 "컹!컹!"' 하고 짖으며 허수에게 쏜살같이 뛰어오고 있었습니다. 허수는 급하게 자신을 부르는 파라의 소리에

벌떡 일어나 파라에게 달려갔습니다. 그리고 하늘에서는 갑자기 비가 쏟아지기 시작했습니다.

"허수님! 큰일 났어요! 외뿔이가 보이지 않아요!"

"이런! 비까지 오잖아!"

"비 냄새 때문에 외뿔이 냄새를 찾을 수가 없어요. 어떡하죠!?"

"이 녀석 대체 어디를 간 거야?! 일단 파라, 양들 데리고 먼저 울타리까지 갈 수 있겠어?"

"갈 수야 있는데, 허수님 어떡하시게요! 설마 혼자 찾아 나설 건 아니죠?!"

비는 점점 많이 쏟아지기 시작했고, 양들은 더 이상 초원에 머물 수가 없었습니다. 왜냐하면 양들은 비에 젖으면 털이 무거워져서 나중에는 움직이지 못하는 상황에 이르기 때문입니다.

"허수님!"

"어쩔 수 없잖아! 이번에 찾으러 가지 않으면 외뿔이는 정말 돌아올 수 없을 거야. 아니 돌아오지 않을 거야! 그래서 꼭 찾으러 가야만 해. 그러니까 너는 얼른 양들을 데리고 울타리로 가!"

"무사히 돌아 오셔야해요!"

"금방 돌아올게!"

허수는 파라를 울타리로 먼저 보내고 숲으로 달려갔습니다. 바람이 이리저리 부는 탓에 허수의 몸에서 지푸라기 조각이 날렸습니다. 숲의 입구에 다다르자 허수의 눈에 들어온 것은 큰 바람에 허우적대는 큰 나무들뿐이었습니다. 허수는 울타리로 다시 돌아갈까도 생각했지만 다시 마음을 다잡고 숲속으로 들어갔습니다. 그런데 숲속은 생각보다 바람이 많이 불지 않았고, 허수는 금방 나뭇가지에 걸린 하얀 무언가를 발견했습니다.

"이건 양털인데? 외뿔이 녀석 분명 여기로 지나간 게 틀림없어"

허수는 숲속을 헤쳐 나갔습니다. 걸어가는 도중에 돌부리에 걸려 넘어지기도 하고, 미처 앞을 살피지 못해 나뭇가지에 얼굴을 부딪히기도 했습니다. 하지만 허수는 잃어버린 외뿔이 양을 찾는 것을 포기하지 않았습니다.

"이 녀석 도대체 어디까지 간 거야… 도무지 찾을 수가 없잖아"

그때 멀리서 양이 우는소리가 들려왔습니다.

"음메에에에!! 필요하다! 도움!"

허수는 소리가 나는 방향으로 달려갔습니다. 달려가는 중에 혹여나 머리에 쓴 밀짚모자가 날아갈까 봐 한 손으로는 모자를 꾹 누른 채 달렸습니다.

그렇게 허수가 도착한 곳에는 진흙 늪이 있었습니다. 늪을 처음 본 허수는 늪에 발을 디뎠고, 허수는 한 발짝 한 발짝 앞으로 내딛을수록 늪에 푹푹 박혔습니다.

"이걸 어쩐담…"

그때 외뿔 양이 허수를 발견했는지 마지막 힘을 짜내어서 허수를 향해 울었습니다.

"음메에에에에!! 있다! 나 여기!!"

외뿔 양은 진흙을 뒤집어써서 도무지 흰색 털을 찾아 볼 수가 없을 정도였습니다. 그 모습을 본 허수는 진흙을 뒤적이며 늪에서 허우적대고 있는 외뿔 양에게 서둘러 다가갔습니다.

"너 대체 무슨 생각으로 여길 온 거야!"

"음메에에…"

외뿔 양은 더 이상 말할 힘이 없었는지 그대로 진흙에 박힌 채 정신을 잃었습니다. 허수는 굉장히 난감했지만 기절한 양을 이리저리 살피며 양을 들어 올리려고 했습니다. 하지만 외뿔 양의 털이 진흙에 젖은 탓에 너무 무거워서 들 수가 없었습니다. 한참을 고민하던 허수는 자신이 입고 있던 오색 옷을 벗어 밧줄처럼 만들었습니다. 그리고 외뿔 양을 오색 옷으로 칭칭 감고 나무 위에서 힘껏 잡아당겼습니다.

"너무 무거워서 하마터면 그대로 같이 진흙탕에 빠질 뻔했네!"

308 동화 한 톨

허수가 양을 잡아당길수록 오색 옷은 진흙에 더럽혀졌고, 무거운 양 때문에 조금씩 찢어졌습니다. 목자에게 받은 아끼는 옷이 망가질 때마다 허수는 속상했지만 당장 외뿔 양을 구하는 것에 집중했습니다. 그리고 마침내 허수는 늪에 빠진 외뿔 양을 근처 바위 위로 올려놓았습니다.

"너무 무거워서 하마터면 그대로 같이 진흙탕에 빠질 뻔했네!"

허수는 바위 위에 외뿔 양을 눕히고는 진흙 범벅이 된 외뿔양의 털을 씻겨주었습니다. 허수가 털을 비비며 진흙을 씻겨낼수록 외뿔 양의 하얀 털은 본래의 모습을 찾아가기 시작했습니다. 하지만 외뿔 양은 너무 지친 나머지 여전히 기절한 채 누워 있었습니다. 비는 계속해서 내렸지만 이내 조금씩 그쳐갔습니다. 비가 조금씩 그치자 허수는 이제 숲을 벗어나기 위해 기절한 외뿔 양을 등에 업었습니다.

"생각보다 들만하잖아?"

그때 외뿔 양이 정신을 차렸는지 뒷 발을 허공에다 대고 허우적대며 발버둥을 쳤습니다.

"좀 가만히 있어! 이러다 다시 진흙에 빠지면 큰일 나!"

허수의 말에 외뿔 양은 잠시 진정이 되었는지 허우적대던 다리를 가만히 멈췄습니다. 외뿔 양의 발길질이 멈추자 허수는 자세를 가다듬었습니다. 그리고 바위 위를 껑충껑충 뛰며 진흙 늪을 빠져나왔고, 허수는 외뿔 양을 업은 채 왔던 길로 되돌아 나와 숲을 빠져나왔습니다.

외뿔 양은 허수에게 업혀있는 내내 아무 말도 하지 않았습니다. 왜냐하면 지금까지 허수에게 했던 행동들이 부끄럽기도 했지만 항상 불만 가득했던 자신을 구하러 와준 허수에게 외뿔 양은 미안하고 고마웠기 때문입니다. 마치 거친 비가 그치고 슬며시 내리는 비처럼 허수의 진심은 외뿔 양의 상처 위에 다소곳이 내려앉았습니다. 그렇게 허수는 외뿔 양을 등에 없고 간신히 울타리까지 도착했습니다.

"컹컹! 무사히 돌아오셨군요!"

"네 덕분에 맘 놓고 다녀왔어"

허수는 등에 업힌 외뿔 양을 다시 바닥에 내려놓았습니다. 이제는 외뿔 양도 힘이 생겼는지 스스로 울타리 안으로 들어갔습니다. 그리고 허수는 외뿔 양을 시작으로 울타리 안에 있는 양들의 수를 세었습니다. 총 백 마리의 크고 작은 양들을 모두 확인한 허수는 울타리의 문을 걸어 잠그고 짚이 가득 쌓인 헛간으로 갔습니다. 그리고 지친 허수는 이내 헛간에 쌓인 짚단 위에서 잠들어 버렸습니다.

허수는 이날 이후로도 아침에는 양들을 깨우고, 정오가 되기 전에 양들을 푸릇푸릇 한 들판으로 인도했고, 정오가 되면 쉴만한 물가로 양들을 데리고 가서 양들이 물을 먹는 동안 낮잠을 자기도 했습니다. 그리고 땅거미가 지평선 끝에서부터 올라오기 시작할 때는 지는 해가 남긴 노을을 바라보며 목자를 기다렸습니다. 가늠되지 않는 기한의 약속이지만 반드시, 분명히 곧 돌아오겠다는 목자의 약속을 되뇌이며 허수는 매일 밤 울타리 문을 걸어 잠갔습니다.

그렇게 초원의 풀들이 푸릇푸릇하게 자라는 여름이 지나고 이제는 가을이 식물의 푸름을 거두려 슬며시 불어왔습니다. 그렇게 들판의 초원이 푸름을 잃자 들에 살던 동물들은 춥고 긴 겨울잠을 준비하기 위해 땅 아래로 굴을 파서 내려가 자리를 잡았습니다. 그리고 얼마 지나지 않아 가을은 겨울에게 자리를 내주었고, 겨울은 차갑고 슬픈 노래를 부르며 초원으로 다가왔습니다.

"파라!"

"부르셨어요?"

"지금 잠깐이라도 양들을 데리고 낮은 언덕에 갈 생각인데, 양들을 울타리 밖으로 데리고 나갈 수 있도록 도와줄 수 있어?"

"아무렴요!"

오늘도 마찬가지로 초원에 도착한 허수는 양들을 풀 밭에 풀어다 놓고 파라와 함께 목자가 오른 높은 산 길을 그저 바라보았습니다. 그런데 따뜻한 정오의 햇살을 만끽하고 있던 파라가 귀를 쫑긋 세우고 갑자기 고개를 치켜들었습니다. 파라는 바람이 불어오는 반대 방향을 눈도 깜빡이지 않은 채 오랫동안 바라보았습니다.

"허수님"

"응?"

"아무래도 바로 울타리로 가야 할 것 같아요"

"아직 해가 완전히 지려면 멀었어. 양들도 더 있고 싶어 하는 것 같은데 조금만 이따…"

"지금 당장 출발하세요!"

파라는 말을 마치자마자 자신이 바라보던 언덕 능선까지 쏜살같이 달려갔습니다. 그리고 잠시 뒤 언덕 너머에서 파라의 비명이 들려왔습니다.

"깨갱!!"

허수는 양들을 서둘러 불러 모았습니다. 하지만 양들은 어리둥절하며 허수의 말을 듣지 않았습니다. 심지어 어떤 양들은 먹던 풀을 마저 뜯어 먹기 시작하기도 했습니다.

"아무래도 바로 울타리로 가야 할 것 같아요"

허수는 상황의 심각성을 모르는 양들을 어찌해야 할지 몰라 당황했습니다. 한참을 지체하던 그때 파라의 비명이 들렸던 능선에서는 사납고 거친 털을 가진 늑대 형상이 보이기 시작했습니다.

허수는 급히 손에 든 나무 지팡이로 양들의 엉덩이를 사정없이 때렸습니다. 그러자 놀란 양들은 먹던 풀을 뱉어 내고는 목자가 가리키는 방향으로 냅다 달렸습니다. 하지만 양들은 뛰는 속도가 빠르지 않았습니다. 하는 수없이 허수는 울타리 문을 열기 위해 가장 먼저 달려 나갔습니다. 울타리에 도착한 허수는 곧장 울타리 문을 열고는 다시 양들에게 달려갔습니다. 그런데 저 멀리 능선에서 달려 내려오는 늑대 무리가 허수의 눈에 들어왔습니다. 늑대는 서늘한 송곳니를 드러내며 도망치는 양들을 향해 아주 빠르게 달려왔습니다. 달려오는 늑대는 점점 가까워져만 갔고 허수와 양의 거리는 금방 좁혀지지 않았습니다. 허수는 밀짚모자가 벗겨져도, 관절과 관절을 엮은 지푸라기가 떨어져 나가도 허수는 양을 지키려 달려갔습니다.

"음메에에에!! 온다! 늑대가!"

그때 양 한 마리가 늑대에게 뒷 다리를 물려버렸습니다. 그리고 다른 세 마리 양도 늑대에게 잡혔습니다. 사냥에 성공한 늑대들은 양의 뒷 다리를 문 채 뒤돌아 갔습니다. 늑대가 돌아서자 허수는 잡혀간 양을 그저 바라볼 수밖에 없었습니다.

허수가 직접 마주한 늑대는 감히 자신이 맞서는 상상조차 할 수 없는 존재였습니다. 이후 양들은 허수에게 달려왔습니다.

"음메에에!!"

"음메에에에에!!"

이제 양들의 소리는 허수에게 들리지 않았습니다. 늑대를 마주하고 느낀 공포가 허수의 영혼을 집어삼켰습니다. 그래서 허수는 더이상 양들의 소리를 듣지 못했습니다. 허수는 한참 동안 넋이 나간 채로 들판에 주저앉았습니다. 그리고 어두컴컴 해졌을 때에야 언덕 너머에 있을 파라가 기억이 나서 파라를 찾으러 갔는데, 파라는 언덕 너머에서 뒷 다리와 목에 피를 흘린 채 쓰러져 있었습니다. 파라는 허수가 다가오자 거친 숨을 내쉬며 꼬리를 연신 흔들었습니다.

"컹! 컹컹!"

허수는 이제 파라의 말도 듣지 못했습니다. 허수는 다친 파라를 품에 안고 양들과 함께 울타리로 돌아갔습니다. 파라는 여전히 거친 숨을 내쉬고 있었지만 생명에는 큰 지장이 없었는지 땅에 내려놓자 다리를 절뚝이며 나무판자를 덧대어 만든 집으로 들어갔습니다. 허수는 파라 만큼은 잃고 싶지 않아 집으로 들어간 파라에게 목줄을 매어 말뚝을 박아 이날 이후로 항상 파라를 묶어 두었습니다.

허수는 그렇게 하루하루를 보냈습니다. 하루는 일주일이 되고, 일주일은 한 달이 되었습니다. 그리고 한 달, 한 달 쌓이던 시간은 셀수 없을 만큼, 까마득히 지나버린 몇 년의 세월이 되어버렸습니다. 그리고 지나간 세월 만큼 목자가 맡긴 양들의 수가 점점 줄어 갔습니다.

왜냐하면 허수가 양을 처음으로 잃은 그날 이후, 늑대가 나타날 때마다 허수는 바위 뒤에 숨거나, 풀숲에 엎드리거나, 가끔은 혼자서 울타리까지 도망가 버렸기 때문입니다. 오늘도 어김없이 늑대들은 허수가 치는 양 떼 무리로 서서히 다가왔습니다. 늑대들은 이제 대놓고 양 떼 무리로 다가왔습니다. 왜냐하면 늑대들은 자신들이 나타나면 허수가 도망갈 것을 알고 있었기 때문이었습니다. 그리고 오늘도 허수는 늑대가 나타나자 양들을 내버려 둔 채 울타리로 냅다 도망가 버렸습니다. 그런 허수를 바라보며 양들은 쉴 새 없이 울어댔습니다.

"음메에에!!"

"크하하! 목자가 매번 저렇게 꽁무니를 내빼면서 도망가는 꼴이라니! 예전 목자는 우리가 단 한 번도 사냥을 성공하지 못했었는데, 저 허수아비는 바람에 냄새만 실려 보내도 도망가니, 덕분에 매번 손쉽게 사냥을 하는구나!"

"크하하! 목자가 매번 저렇게 꽁무니를 내빼면서 도망가는 꼴이라니!"

양들은 늑대들이 다가오자 서로를 밀치며 뒷걸음질 쳤습니다. 늑대들은 어차피 도망가지도 못하는 양들을 빙글빙글 돌며 가장 토실토실 하고 맛있어 보이는 양들을 고르고 있었습니다. 양들은 목이 쉬어라 울어대며 매번 자신들을 버리고 도망친 허수를 불렀지만 허수는 항상 되돌아 오지 않았습니다.

한편 홀로 울타리 안으로 도망친 허수는 헛간으로 들어가 귀를 틀어막고 엉엉 울었습니다. 허수는 도무지 늑대에게 맞설 수가 없었습니다. 그래서 두 눈을 감았지만 허수의 머릿속에서는 여전히 날카로운 늑대의 송곳니가 휙 휙 날아다녔습니다. 그때 누군가가 헛간 문을 박박 긁어 댔습니다.

"누구야?!"

허수는 혹시 늑대가 여기까지 쫓아온 것이 아닐까 생각했습니다. 허수는 지팡이를 거꾸로 쥔 채 천천히 헛간 문을 열었습니다.

-끼익-

허수는 문을 살짝, 아주 살짝 열어보았습니다. 그런데 문이 살짝 열리자 파라의 코가 문틈 사이로 비집고 들어왔습니다.

"목줄에 묶여 있었을 텐데, 어떻게 나왔지?"

"허수님!"

허수는 다시 파라의 소리를 듣게 되었습니다. 여러 해 동안 허수는 파라의 소리도, 양들의 소리도 듣지 못했었습니다. 하지만 어떻게 된 일인지 허수는 파라의 소리를 알아들을 수 있게 되었습니다.

"파라! 나 이제 네 소리가 들려!"

"허수님! 그러면 지금까지 제 말을 듣지 못했던가요?! 대체 제 목에 왜 목줄을 채워 놓으셨나 했어요! 그런데 양들은 왜 하루가 다르게 줄어만 갔나요? 그리고 지금은 양들은 어쩌시고 혼자 이곳에 계시는 거예요!"

"파라… 나 어떡하지?"

"일단 양이 있는 곳으로 가죠!"

파라는 허수의 바짓가랑이를 물고 울타리 밖까지 끄집어냈습니다. 허수가 울타리 밖으로 나오자 파라는 달렸습니다. 양들의 냄새를 맡으면서 빠르게 달려갔습니다. 허수도 파라를 따라 달려갔습니다. 파라는 언덕을 막 넘어갔고 곧이어 언덕 너머에서 파라가 짖는 소리가 들려왔습니다. 그리고 늑대의 거칠고 위협적인 소리가 한 숨 차이로 들려왔습니다. 허수는 늑대 소리가 들리자 온몸이 굳어 버렸습니다. 허수는 두려웠습니다. 그래도 허수는 언덕 능선까지 다시 힘을 내어 달려갔습니다.

"이거, 이거 겁쟁이 목자 아니신가? 다시 울타리로 돌아가서 숨어 있지 그래?"

늑대 무리의 우두머리가 허수에게 달려들어 허수의 나무 지팡이를 콱 깨물었습니다. 허수는 저항해 보려 했지만 소용이 없었습니다. 그러다 우두머리 늑대가 이리저리 고개를 흔들자 허수는 바위로 날아가 부딪혔습니다.

"으악!"

바위에 날아가 부딪힌 허수는 오른팔이 부러져 버렸습니다. 허수가 쓰러지자 파라는 허수에게 달려왔고, 우두머리 늑대는 서늘한 송곳니를 보이며 쓰러진 허수와 파라에게 조금씩 다가갔습니다.

"이제 어쩔 테냐! 목자가 네게 준 나무 지팡이도 없고, 그나마 있던 오른팔마저도 부러지고 말았구나!"

"허수님, 양을 지키셔야 해요. 곧 목자님이 오실 거예요"

"내가 무슨 힘이 있다고! 애초에 목자님의 부탁을 거절했어야 했어"

"그래도 지금 양들이…"

"지금 내가 할 수 있는 건 아무것도 없어! 지금 가면 나도 늑대들에게 찢겨 죽을 거야!"

허수의 두 눈에서 또다시 눈물이 흘러내렸습니다. 허수는 누구보다 양들을 지키고 싶었지만 지푸라기로 만들어진 몸을 원망하며 그저 소리 내어 울 수밖에 없었습니다.

"허수님 자책하지 마세요! 넘어졌다고 그만두면 포기지만 다시 일어서면 그건 과정이에요. 그러니까 다시 일어나세요!"

그때 늑대 우두머리의 부하들이 바위 뒤에 허수와 숨어있는 양들을 가리키며 말했습니다.

"대장! 한 마리만 더 갖고 가자! 네 마리로는 부족해!"

"그럴까?"

늑대 들은 바위 뒤에 숨어있던 양을 몇 마리 더 잡아가기 위해 바위로 다가갔습니다. 그런데 우두머리 늑대가 다가가던 발걸음을 멈췄습니다. 생각해 보니 지금 양들을 몽땅 잡아먹어버리면 곧 다가올 겨울에 먹을 것이 없을 것이라고 생각했기 때문입니다.

"생각해 보니 곧 겨울이잖아! 오늘은 네 마리만 가지고 갈 테니, 양들을 토실토실하게 살찌워 놓거라. 그렇다면 너는 해치지 않으마!"

부하 늑대들은 불만 섞인 소리를 냈지만 결국 늑대들은 양 네 마리만 어깨에 둘러메고는 언덕 너머로 사라졌습니다. 늑대들이 사라지자 외뿔양과 남은 양들은 주저앉아 있는 파라와 허수에게 달려왔습니다.

"도대체 왜! 계속 도망가는 나를 찾아 오는 거야? 너희에게 상처만 주는데 왜 계속 오는 거야?! 내가 너희에게 꼭 없어도 되잖아… 근데 왜 계속 겁쟁이처럼 도망가는 나를 왜 계속 쫓아오는 거야!"

그러자 양치기 개 파라는 힘 없이 바위에 기대어 있던 허수의 등을 떠밀었습니다. 그러자 허수 앞으로 다가온 양들은 허수에게 더 가까이 붙으며 다가왔고 그중에 외뿔 양이 목자 앞으로 나아와 말했습니다.

"음메에에! 강하다 늑대! 그리고 무섭다. 미웠다 사실! 도망갈 때 허수님 혼자! 그래도 목자다 당신은! 못한다 우리는! 살아가는 것! 홀로!"

허수는 아주 울었습니다. 목 놓아 울었습니다. 지금까지 늑대에게 잃은 양들이 하나하나 생각났습니다. 허수가 처음 양을 잃었을 때는 목자가 자신에게 실망할까 봐 걱정 하고 슬퍼했지만, 이제는 자신을 믿고 따라주었던 양들을 잃어버린 것이 슬퍼 울었습니다. 어느새 허수는 양들을 사랑하고 있었습니다. 그래서 허수는 울음을 그치고 두려움과 절망 가운데 있던 양들을 지푸라기로 만들어진 자신의 품속에 품었습니다.

"도대체 왜! 계속 도망가는 나를 찾아 오는 거야?"

"컹!컹! 아직 늑대들이 멀리 가지 않았을 거예요! 하지만 분명 해가 지면 양들을 잡아먹고 말 거예요!"

"너는 남은 양들과 먼저 울타리로 가 있어! 내가 서둘러 다녀올게!"

"이번에도 혼자 가시게요?! 너무 위험해요! 저도 같이 갈게요!"

"아냐, 더 이상 양들을 잃을 수는 없어. 그리고 너도 잃을 수 없어. 약속할게, 양들을 구해서 꼭 다시 돌아올게!"

파라는 양들을 울타리로 몰아갔습니다. 외뿔 양은 허수를 따라가려 했지만 파라가 막아서자 순순히 울타리로 향했습니다. 파라는 홀로 양들을 찾으러 가는 허수의 뒷모습을 바라보다 양들을 울타리로 마저 몰아갔고, 허수는 늑대 발자국을 따라 언덕과 언덕을 넘어갔습니다.

허수는 이내 황금빛으로 온통 휘어진 능선에 도착했습니다. 산들거리는 억새 밭 중앙에는 회색 빛 도는 동굴이 자리하고 있었습니다. 허수는 동굴 근처로 천천히 다가갔습니다. 동굴 근처에 다가갈수록 동굴 주변에는 흰 털이 무성하게 날려 있었습니다.

'여기구나!'

허수는 만반의 준비를 하고 동굴 안으로 들어갔습니다. 동굴 안은 아주 서늘했고, 동굴 천장에는 마치 늑대의 송곳니처럼 끝이 뾰족한 석순이 빼곡히 자라 있었습니다.

"약속할게, 양들을 구해서 꼭 다시 돌아올게!"

'길을 잃지 않게 흰 돌로 벽을 그으면서 가야겠다'

허수는 흰 돌조각 하나를 챙겨 동굴 벽을 긁으며 앞으로 갔습니다. 그렇게 허수는 동굴속 더욱 깊은 곳으로 향했고 동굴 안에 있는 큰 폭포를 마주했습니다. 그때 멀지 않은 곳에서 양들의 울음소리가 들려왔습니다.

'조금만 더 가면 되겠구나!'

허수는 소리가 나는 곳으로 천천히 걸어갔습니다. 혹시 늑대에게 발자국 소리를 들킬까 봐 뒤꿈치를 들고 살금살금 걸어갔습니다. 그렇게 늑대 소굴 근처에 다다른 허수는 모퉁이에 고개를 내밀어 혹시 늑대가 있는지 확인했습니다. 하지만 늑대는 한 마리도 보이지 않았습니다. 늑대가 없는 것을 확인한 허수는 곧장 양들의 울음소리가 나는 곳으로 달려갔습니다.

"얘들아!"

"음메에에! 오셨다! 구하러!"

"음메에에! 기다렸다! 허수님!"

늑대는 네 마리 양들을 작은 굴속에 넣고는 바위를 굴려 막아 놓았었습니다. 허수는 양들을 가둔 바위를 옆으로 밀어냈고, 양들은 작은 굴 밖으로 나왔습니다. 네 마리 양들은 자신들을 구하러 온 허수를 보며 크게 기뻐했습니다.

하지만 늑대들이 금방 동굴로 들어올 것 같아서 허수는 양들을 진정시키고는 올 때 흰 돌로 긁어 놓은 표시를 따라 동굴 밖으로 무사히 나왔습니다. 그리고 황금빛 억새 밭을 가로질러 울타리가 있는 곳으로 최대한 빠르게 이동했습니다. 그때 동굴 뒤쪽 언덕에서 우두머리 늑대가 도망치는 허수와 네 마리 양을 발견했습니다.

"이런! 양들이 도망가잖아!"

우두머리 늑대와 다른 늑대들은 허수와 네 마리 양들을 향해 빠르게 쫓아왔습니다. 그때 평소에 초원에 놀러와 양들을 이뻐하던 바람들이 허수와 네 마리 양들을 돕기위해 우두머리 늑대가 뛰는 반대 방향으로 바람을 힘껏 불어 댔습니다. 덕분에 허수와 양 네 마리는 그동안 억새 밭이 있는 언덕을 무사히 넘어갈 수 있었습니다.

"얘들아! 앞으로 계속 가! 그리고 울타리가 있는 곳까지 힘껏 뛰어!"

"음메에에! 뛰고 있다! 이미!"

허수는 양들을 먼저 언덕 너머로 보내고 뒤따라 뛰어갔습니다. 하지만 초원 위에 있던 바람들이 늑대들의 발을 묶어 놓긴 했지만 우두머리 늑대는 바람들의 방해를 뚫고 나와 도망가는 허수를 따라잡았습니다.

"내 먹이를 훔쳐 달아나다니! 당장 너를 갈가리 찢어버리고 싶지만 먼저 도망친 양들을 잡아오고 나서 해도 늦지 않지! 네 양들이 피를 흘리며 죽어가는 모습을 지켜보기나 해라!"

우두머리 늑대는 도망치는 양들을 향해 쏜살같이 뛰어갔습니다. 그리고 가장 뒤처진 양을 허연 송곳니로 물려는 찰나 허수가 몸을 던져 늑대 뒷 다리를 잡았습니다. 간발의 차로 양을 놓친 우두머리 늑대는 화가 머리끝까지 났습니다. 하지만 허수는 양들이 도망가는 길을 막아서며 늑대에게서 물러서지 않았습니다.

"성가시구나! 오냐, 너를 먼저 갈가리 찢은 후에 네 양들을 잡아먹어 주마! 네 양들이 죽어나는 모습을 네 눈에 담아주고 싶었는데 아쉽게 됐어…"

허수가 끝이 휜 나무 지팡이를 들고 늑대를 막아서던 그때 허수 뒤에서 양들의 소리가 들려왔습니다.

"음메에에!!"

뒤돌아본 허수는 깜짝 놀랐습니다. 진작 도망갔어야 할 양들이 도망가지 않고 그대로 있었기 때문입니다.

"이 멍청이들아! 왜 도망가지 않은 거야! 이러다 늑대에게 모두 잡아먹히게 된단 말이야!"

"음메에에! 가자! 같이!"

양들은 오히려 허수에게 다가왔습니다. 허수는 왼손에 든 나무 지팡이를 양들에게 휘두르며 양들을 쫓아냈습니다. 허수는 늑대를 살피랴, 양들을 쫓아내랴 정신이 없었습니다. 양들은 허수가 휘두르는 지팡이에 얻어맞더라도 끝까지 허수에게 다가왔습니다. 허수가 양들과 한참을 실랑이하며 고개를 잠깐 돌리던 순간 늑대가 허수와 양들에게 순식간에 달려들었습니다. 허수는 늑대가 갑자기 달려들자 늑대를 막기 위해 두 손을 앞으로 뻗었습니다.

그런데 허수는 발을 헛디뎌 뒤에 있던 양 위로 넘어졌고 늑대는 허수가 뒤로 넘어지면서 내민 부러진 허수의 오른손에 심장이 박혀 그 자리에서 죽고 말았습니다. 그리고 그때 멀리서 우두머리 늑대를 따르는 나머지 늑대들이 언덕 능선 위로 나타났습니다. 그리고 허수와 양들을 향해 달려들었습니다.

"대장! 왜 누워있어!"

"대장 피 난다! 얼른 일어나!"

허수는 다시 일어나 왼손에는 목자의 지팡이를 들고, 늑대의 심장에 박혀 있던 부러진 오른손을 치켜들면서 맞서 싸울 준비를 했습니다. 그때 파라의 우렁찬 울음소리가 들려 왔습니다.

"일단 저 몹쓸 늑대 녀석들을 함께 해치우자꾸나!"

"컹! 컹컹!"

파라가 허수를 지나쳐 앞으로 달려 나갔습니다. 그리고 누군가가 허수를 불렀습니다.

"허수야!"

목소리의 주인은 허수를 만든 목자였습니다. 높은 산에서 이제 막 내려온 목자를 마주한 허수는 울음을 주체할 수 없었습니다. 허수는 밀려오는 알 수 없는 여러 감정이 뒤섞여 아무 말도 할 수 없었고, 눈물이 뺨을 타고 흘렀습니다. 그러한 허수를 본 목자는 허수의 눈물을 닦아 주며 말했습니다.

"일단 저 몹쓸 늑대 녀석들을 함께 해치우자꾸나!"

목자와 파라, 그리고 허수는 남은 늑대들을 쫓아냈습니다. 늑대들은 이미 자신들의 우두머리가 허수에게 당한 것을 보고는 전의를 상실한 상태였고, 그대로 억새 밭에 있던 동굴로 도망갔습니다. 늑대들이 모두 동굴로 도망치자 목자는 황금빛으로 물든 억새 밭을 불태웠습니다. 억새 밭이 불타자 늑대들은 동굴에 갇혀 모두 불타죽었습니다. 한참동안 불타던 억새 밭은 황금 빛을 잃고 검게 그을린 잿빛만 으스름히 남아 있었습니다.

"허수야"

목자가 허수를 부르자 단춧구멍으로 만들어진 허수의 두 눈에서 눈물이 왈칵 쏟아져 나왔고, 허수는 어깨를 들썩이며 울었습니다. 허수의 눈물에는 목자에 대한 반가움도 섞여 있었고, 금방 온다고 했지만 금방 오지 않은 목자에 대한 서운함도 있었고, 늑대를 물리치고 나서의 안도감 섞여 있었지만 무엇보다 양들을 버리고 도망친 죄책감이 허수의 눈물을 더욱 무겁게 만들었습니다.

"허수야"

목자는 흐느껴 우는 허수를 다정하게 불렀습니다. 하지만 허수는 터져 나오는 울음에 목자가 불러도 도무지 대답할 수가 없었습니다.

"저는…! 저는…!"

"됐다. 괜찮다. 내 양을 사랑해줘서 고맙구나"

한참 동안 목 놓아 울던 허수는 목자와 함께 울타리가 있는 곳으로 돌아갔습니다. 허수는 울타리로 돌아가는 내내 아무 말도 하지 못했지만 목자는 허수의 마음을 만져주며 새로운 옷을 허수에게 입혀 주었습니다. 그러자 허수는 지푸라기와 단추, 그리고 나뭇가지와 이파리로 만들어졌던 몸이 변하여 사랑스러운 소년이 되었습니다.

이날 이후에도 허수는 양을 쳤습니다. 하지만 이전과 달리 허수는 양들을 자신처럼 사랑했습니다. 더 좋은 풀을 찾아 나서기도 하고, 양들이 물을 마시기 편하도록 도랑을 정리하기도 했습니다. 그렇게 허수는 평생 목자의 양을 돌보며 살았고, 양들은 무럭무럭 자라나 이전의 백 마리 보다 삼 십 배, 육 십 배, 백 배 만큼이나 불어나 푸른 초원을 잔뜩 매워 나갔습니다.

목자는 허수의 마음을 만져주며 새로운 옷을 허수에게 입혀 주었습니다.

동화·한·톨

발 행	2023년 5월 4일
저 자	이병헌
디자인	최소희
펴낸곳	활자대장간

값 20000 원
03800

9 791198 279675
ISBN 979-11-982796-7-5